Heinz-E. Klockhaus

Der
Intendant

Heinz-E. Klockhaus
Postfach 100246
D-42499 Hückeswagen
info@klockhaus-textdichter.de

www.klockhaus-textdichter.de

Bibliografische Information der
Deutschen Nationalbibliothek: Die
Deutsche Nationalbibliothek
verzeichnet diese Publikation in der
Deutschen Nationalbibliografie;
detaillierte bibliografische
Daten sind im Internet über
www.dnb.de abrufbar.

ISBN: 978-3-7578-9181-7

Herstellung und Verlag:
BoD - Books on Demand, Norderstedt

„Stimmt es, dass der neue Boss vor zwanzig Jahren noch Pförtner war?" fragte Herr Heute. „Ach was!" sagte Frau Singsang, „der hat sein Leben lang studiert. Er hat drei Doktortitel und meines Wissens eine Professur für Sprachwissenschaften." „Ach du Scheiße!" sagte Herr Kick. Frau Maske lachte. „Ja, Herr Kollege, den Ausdruck wird er Ihnen abgewöhnen."
Das Lachen verstummte, als die Tür zum Konferenzzimmer aufging. „Guten Morgen meine Damen und Herren. Mein Name ist Boss. Ich bin Ihr neuer, - Äh…" „Boss," sagte Frau Singsang. „Intendant. Würden Sie sich bitte nur kurz mit ihrem Namen und dem Ressort vorstellen. Alle weiteren Informationen werde ich Ihren Personalakten entnehmen und Sie natürlich auch in persönlichen Gesprächen näher kennenlernen." „Mein Name ist Singsang, Redaktionsleitung Musik und Unterhaltung." „Danke!" „Mein Name ist Kick, Redaktion Sport." „Ich dachte, zuerst die Damen," sagte Boss. „Kick fühlt sich manchmal so als Frau,"

scherzte Frau Maske. „Mein Name ist Maske. Ich leite die Redaktion Film und Fernsehspiel." „Heute," sagte Herr Heute, „Redaktion Aktuelles und Tagesgeschehen."

„Ich danke Ihnen," sagte der Intendant. „Da ich seit einigen Wochen wusste, dass dieses Amt auf mich zukommt, habe ich mir selbstverständlich verschiedene Formate von Ihnen angesehen. Sie wissen ja, neue Besen und so weiter, - erschrecken Sie also bitte nicht, wenn sich einiges in Zukunft ein bisschen ändern wird. Ich bin der Überzeugung, dass wir die gesamte Außendarstellung des Senders ein bisschen verbessern können und baue dabei auf Ihre Unterstützung. Wenn Sie sich darauf einlassen, biete ich Ihnen eine Zusammenarbeit auf Augenhöhe an. Und wenn von mir konstruktive Vorschläge kommen, sagen Sie bitte nicht voreilig „Ach du Scheiße!" – „Das fängt ja gut an. Der kann durch Wände hören," flüsterte Kick. „Ja, meine Ohren sind ganz gut. Ich kann aber auch noch gut sehen," sagte der Boss. „Ich danke

Ihnen für Ihre Aufmerksamkeit und wünsche uns allen eine gute Zusammenarbeit. Wir werden in den nächsten Tagen einige Einzelgespräche führen. Ach ja, da ist noch etwas. Ich hätte gerne in Zukunft spätestens eine Stunde vor Sendetermin eine Info über den Beitrag. Detailliert besprechen wir das noch mit jeder Redaktionsleitung. Ich wünsche Ihnen einen schönen Tag!" Damit verließ der Intendant das Konferenzzimmer. Die weitere Konversation der Chefredakteure mit den Eindrücken des Vorstellungsgespräches ihres neuen Intendanten leitete wieder Herr Kick mit den Worten „Ach du Scheiße!" ein. „Das können Sie wohl sagen!" sagte Herr Heute. „Er ist doch ein Theoretiker," sagte Frau Maske, „der wird sich noch die Hörner abstoßen." „So sehe ich das auch," sagte Frau Singsang, „sonst helfen wir ein bisschen nach." „Mir gefällt der Typ nicht," sagte Herr Kick. „Von wegen Augenhöhe, der denkt gar nicht an Augenhöhe! Woher wusste er eigentlich, dass ich ach du Scheiße gesagt habe, da war die Tür doch noch zu." „Ich glaube nicht, dass er das gehört hat," sagte Herr Heute, „das war reiner Zufall." „Meine Herren, das ist doch jetzt egal," sagte Frau Maske, „gehen wir an die Arbeit!"

„Guten Morgen, Herr Boss. Sie wollten mich sprechen?" „Ja. Guten Morgen Frau Maske. Nehmen Sie Platz." „Danke." „Haben Sie sich die nächste Staffel der Serie „Gaby packt an" schon angesehen, Frau Maske?" „Noch nicht komplett. Die ersten beiden Folgen davon habe ich mir angesehen." „Na gut. Ich habe mir die ersten drei Folgen angesehen. Was sagen Sie dazu?" „Wie meinen Sie das?" „Wie ich das meine? Sie werden sich doch eine Meinung von den Serien bilden, die Sie zur Sendung freigeben." „Ja, natürlich." „Und?" „Und was?" „Meine Güte, Frau Maske! Sie sagen, Sie haben sich die ersten beiden neuen Folgen angesehen. Und ich frage Sie nach Ihrer Meinung dazu." „Nach meiner Meinung? Ja, was soll ich dazu sagen. Das ist doch eine gute Serie." „Machen wir es kurz, Frau Maske. Schicken Sie die Staffel komplett an die Produktionsfirma zurück. So senden wir das nicht! Haben Sie schon einmal an einem See gesessen, Frau Maske?" „An einem See? Ja, natürlich!" „Haben Sie auch schon mal einen Waldspaziergang gemacht?" „Ich habe auch schon mal einen Waldspaziergang gemacht. Was soll das?" Und wenn Sie an einem See gesessen haben oder in einem Wald spazieren gegangen sind, fing dann auf einmal ein englisches Lied wie aus dem Nichts an zu trällern?" „Ein englisches Lied? Am See? Im Wald? Wer soll da…." „Genau, Frau Maske. Wer soll da auf einmal ein englisches Lied singen? Da reitet die Hauptdarstellerin am frühen Morgen über eine Wiese. Können Sie mir sagen, woher da auf einmal ein englisches Lied ertönt? Hat das Pferd einen CD-Spieler unter dem Schwanz? Und dann wechselt die Szene zu dem verunglückten Freund, der im Wald liegt und auf Hilfe wartet. Und die gleiche Musik läuft weiter. Halten Sie das für realistisch? Läuft da mitten im Wald ein musikalisches Eichhörnchen mit Englischkenntnissen und eigener Kapelle rum? Oder woher kommt da die Musik?" „Jetzt verstehe ich Sie. Sie stört also die Musik in den Folgen." „Ja, mich stört dieses englische Gejammer, das mit der Handlung übrigens überhaupt nichts zu tun hat. Wenn Sie mal auf die Texte achten, werden Sie das auch feststellen. Ich habe nichts gegen Musik in einem Film. Aber erstens muss sie zur Handlung passen und zweitens muss es realistisch sein, dass da überhaupt Musik zu hören ist. Das kann zu Hause das Radio oder der CD-Player sein, das kann ein Autoradio sein. Und drittens, liebe Frau Maske, sind wir ein deutscher Sender. Warum müssen es also englische Lieder sein? Die Lobby, die gerne ihre Lieder unterbringen möchte, können wir als Sender nicht als Argument gelten lassen. Also: Schicken Sie das zurück. Wenn die Produktionsfirma diese alberne Musik komplett löscht, können sie uns die Serie wieder anbieten. Danke, Frau Maske, das war's für den Moment." „Aber wir haben das bisher doch nie beanstandet, Herr Boss." „Na sehen Sie, dann wurde es ja höchste Zeit! Wir müssen damit aufhören, unsere Zuschauer für dumm zu halten. Frohes Schaffen, Frau Maske. Ich möchte bitte den Begleitbrief mit unterschreiben,

wenn Sie die Serie zurückschicken.
Verstehen Sie?" „Ja, ja, ich verstehe! Sie
möchten sehen, wie ich das begründe."
„Auch das! Aber über die Begründung
haben wir ja gerade ausführlich
gesprochen."
„Wenn ich dazu noch was sagen darf,
Herr Boss." „Sie dürfen immer was
sagen!" „In den meisten anderen Serien
sind doch auch englische Titel." „Na
sehen Sie, liebe Frau Maske, dann
haben Sie ja noch viel zu tun, bis wir
diesen Unsinn ausgemerzt haben. Sie
haben meine volle Rückendeckung,
gemeinsam schaffen wir das!"
„Ja, gemeinsam schaffen wir das. Dann
gehe ich jetzt mal."
„Einen schönen Tag, Frau Maske."
„Danke, das wünsche ich Ihnen auch.
Gemeinsam schaffen wir das.
Gemeinsam schaffen wir das.
Gemeinsam…"
Im Flur begegnete ihr Frau Singsang.
„Was schaffen wir gemeinsam?" „Der
hat sie doch nicht alle!" sagte Frau
Maske. „Wer?" „Der Boss. Stellen Sie
sich vor, ich muss die nächste Staffel

von „Gaby packt an" an die Produktionsfirma zurückgeben. Weil ihm die englischen Lieder darin nicht gefallen. Ob ich schon mal an einem See gesessen habe, hat er mich gefragt, und ob da einer ein englisches Lied gesungen hat. Und wenn die Gaby in einer Folge über die Koppel reitet, ob das Pferd einen CD-Spieler unter dem Schwanz hat, oder woher auf einmal die Musik kommt. Außerdem soll ich mir mal die Lieder anhören. Die Texte würden gar nicht zur Handlung passen." „Aber vielleicht hat er gar nicht so ganz unrecht, Frau Kollegin. In seinem Bereich wird man im Laufe der Jahre vielleicht auch betriebsblind. – Ich muss zum Boss!" „Dann fragen Sie ihn mal, ob er auch einen CD-Spieler unter dem Schwanz hat. – Der hat sie doch nicht alle!"

„Frau Maske!!!" „Natürlich nur mit deutschen Liedern."

„Guten Morgen, Herr Boss. Ich sollte zu Ihnen kommen." „Guten Morgen, Frau Singsang. Ja, nehmen Sie Platz. Ich möchte etwas mit Ihnen besprechen. – Warum lachen Sie?" „Och, ich traf gerade Frau Maske im Flur." „Ja, sie war bei mir. Ist das so lustig?" „Sie erzählte mir von einem CD-Spieler," sagte Frau Singsang und lachte laut. „Das ist ja schön, dass die Damen so fröhlich sind. – Erinnern Sie sich noch an Ihre Schule, Frau Singsang?" „An meine Schule? Wollen Sie damit auf mein Alter anspielen? Meinen Sie, es wäre schon so lange her, dass ich mich nicht mehr daran erinnern kann?" „Nein, nein! Wissen Sie noch, was die Hauptbestandteile eines Satzes sind?" „Die Hauptbestandteile eines Satzes? Eine seltsame Frage, die Sie mir da stellen. Das sind nach meiner Erinnerung Subjekt, Prädikat und Objekt." „Ganz recht, Frau Singsang. Die Hauptbestandteile eines Satzes sind Subjekt, Prädikat und Objekt. „Fühl mich" ist eine Aufforderung, so wie „Küss mich!" Wenn ich aber sagen will, wie ich mich fühle oder dass ich mich gut fühle, dann heißt der Satz?" „Ich fühle mich gut." „Sehen Sie, darauf wollte ich hinaus. In Ihrer Sendung „Best of month" steht Anne Bruch mit ihrem Lied „Fühl mich gut" auf Platz 1. Ich fand es immer lustig und auch ein bisschen gruselig, wenn meine Oma früher den Hühnern einen Finger in den Hintern steckte, um zu fühlen, ob sie ein Ei legen werden. Aber so wird es Anne Bruch in ihrem Lied ja vermutlich nicht meinen. Was fehlt also in ihrem Lied? Der Satzgegenstand! Und das auch noch in der Titelzeile. Finden Sie das gut, Frau Singsang?" „Hm. Ja, das singt man so!" „Können Sie sich noch an das Lied „Marmor, Stein und Eisen bricht" erinnern?" „Aber unsere Liebe nicht," ja, natürlich!" „Wussten Sie auch, dass der Bayerische Rundfunk es damals abgelehnt hat, dieses Lied zu spielen?" „Nein, das wusste ich nicht." „Sie haben es abgelehnt, weil es hätte heißen müssen „Marmor, Stein und Eisen brechen". Weil es schlechtes Deutsch ist, darum haben sie es abgelehnt. Und das ist gut so! Und wir werden in Zukunft „Fühl mich gut" auch nicht mehr senden. Und da wir gerade über schlechtes Deutsch sprechen, erklären Sie bitte der Gruppe mit den vier Herren mal, was ein Dativ ist und dass „in meinem Herz" schlechtes Deutsch ist und wir es deshalb auch nicht mehr senden werden." „Aber Anne Bruch ist schon wieder für die nächste Sendung eingeladen." „Dann soll sie singen „Ich fühle mich" oder sie soll ein anderes Lied singen. Dieses falsche Deutsch werden wir nicht weiter verbreiten. Frau Singsang, wir sind ein öffentlich-rechtlicher Sender. Wir haben einen Bildungsauftrag. Da muss man von uns erwarten, dass wir Deutsch können. Und das müssen wir auch von uns selbst erwarten. Übrigens, was heißt „Best of month" auf Deutsch?"

„Das beste des Monats, - die besten Lieder des Monats." „Sehr richtig. Und warum sagen Sie das nicht? Wir sind doch hier in Deutschland und haben eine so wunderbare Sprache. Schämen Sie sich für unser Deutsch?" „Nein, natürlich nicht!" „Also, benennen Sie die Sendung um. „Die besten deutschen Lieder des Monats", das wäre doch passend." „Aber wir stellen auch englische Titel vor." „Nein, Frau Singsang, das tun wir nicht!" „Sie wollen die englischen Titel aus dem Programm nehmen?" „Sagen wir, aus der Sendung." „Das wollen die Zuschauer aber hören." „Sehen Sie, liebe Frau Singsang, das ist der große Denkfehler! Wir manipulieren seit Jahren das, was die Leute angeblich sehen und hören wollen. Der ganze Zuschauergeschmack ist manipuliert. Da hatte RTL in Luxemburg schon sehr früh die richtige Idee. Sie spielten ausgewählte Titel so oft am Tag, bis sie jeder Zuhörer so im Ohr hatte, dass er sie im Schlaf hätte mitsingen können. Und er sang sie mit. So wurden Hits gemacht, liebe Frau Singsang. Glauben Sie mir, wir manipulieren den Musikgeschmack der Zuschauer. Und ich will einen deutschen Sender, der deutsche Lieder spielt mit Texten, die der wunderbaren deutschen

Sprache gerecht werden. Also, an die Arbeit, Frau Singsang. Gemeinsam schaffen wir das!"

„Frau Maske," sagte Frau Singsang am Telefon, „der Boss hat sie wirklich nicht alle. Stellen Sie sich vor, ich muss meine Sendung „Best of month" in „Die besten deutschen Lieder des Monats" umbenennen. Und es kommt noch schlimmer, die Anne Bruch darf nicht mehr singen „Fühl mich". Da würde das Subjekt fehlen, es müsse heißen „ich fühle mich gut". Und englische Lieder will er auch nicht mehr hören. Wir leben in Deutschland und hätten eine so wunderbare deutsche Sprache. Was sagen Sie dazu, Frau Maske? Der hat sie doch nicht alle, oder? Und erzählt mir, wie seine Oma den Hühnern den Finger in den Hintern steckte. Und dann sagt er, gemeinsam schaffen wir das, Frau Singsang. Der blöde Hund!" „Beruhigen Sie sich erst mal, Frau Kollegin. Vielleicht hat der Boss ja gar nicht so ganz unrecht. Wissen Sie, wir werden im Laufe der Jahre vielleicht in unserem Bereich alle etwas betriebsblind." – „Blöde Kuh!!!"

„Guten Morgen, meine Damen und Herren." „Guten Morgen, Herr Boss." – „Guten Morgen, Herr Boss." – „Guten Morgen, Herr Boss." – „Guten Morgen, Herr Boss."

„Wir haben heute nur ein Thema. Und das ist das Gendern. Dummköpfe sterben nie aus. Das ist auch nicht so schlimm, so lange sie nichts zu sagen und nichts zu entscheiden haben. Wenn sie aber Reformen anstoßen, die man nur mit dem IQ einer Kellerassel nachvollziehen kann, dann wird das kritisch. Wir haben das bei den Schulreformen erlebt, und nun wird unsere Muttersprache auf eine Art und Weise verschandelt, dass man sich doch wundern muss, wie bereitwillig Medien da mitmachen. Raumpfleger*innen, was ist das für ein Schwachsinn? Raumpfleger sind immer innen, sonst wären es ja Außenpfleger.

Noch schlimmer ist es bei Ärzte*innen. Ärzteinnen gibt es nicht, es müsste ja dann Ärztinnen heißen. In vielen Fällen ist es also nicht nur sprachlich, sondern auch noch grammatisch falsch! Und die Argumente, die für diesen Schwachsinn sprechen sollen, sind doch einfach lächerlich. Was hat das denn mit fehlender Gleichberechtigung zu tun und wen diffamieren wir, wenn wir von Spielern sprechen!?"

„Bravo!" sagte Herr Kick. „Es freut mich, Herr Kick, dass wir da einer Meinung sind," fuhr Herr Boss fort. „Man hat zu diesem albernen Thema inzwischen unzählige Meinungsumfragen vorgenommen. Und alle sind zu dem Ergebnis gekommen, dass die Mehrheit der Menschen gegen dieses Gendern ist und es für dumm und überflüssig hält. Der langen Rede kurzer Sinn: Ich ordne hiermit an, das Gendern in unserem Sender mit sofortiger Wirkung zu unterlassen. Das gilt für alle Redaktionen, und das gilt selbstverständlich auch für Texte und Untertitel. Soweit Beiträge von Dritten kommen, bitte ich Sie als zuständige Redakteure, denen umgehend mitzuteilen, dass wir ab sofort keine gegenderten Beiträge mehr senden werden und sie das bitte in der Abfassung ihrer Beiträge berücksichtigen mögen."

„Manche legen aber großen Wert darauf, Herr Boss, dass grundsätzlich die weibliche Form berücksichtigt wird." „Dagegen habe ich nichts einzuwenden," sagte der Intendant, „dann wird die weibliche Form eben in richtigem Deutsch berücksichtigt. Sagen Sie also „die Bürger und Bürgerinnen," dann werden sie dem gerecht. Aber „die Bürger*innen und „die Blödmänner*innen will ich in unseren Sendungen nicht mehr

hören! Wir sind als öffentlich-
rechtliche Anstalt der deutschen
Sprache verpflichtet. Mit dem
albernen Gendern werden wir
diesem Anspruch nicht gerecht.
Ist jemand von Ihnen einer
anderen Meinung? – Das ist
nicht der Fall! Gemeinsam
schaffen wir das! Ich danke
Ihnen, meine Damen und Herren
und wünsche weiterhin einen
angenehmen Arbeitstag."

„Ich habe nicht gedacht, dass ich meinen Chefredakteuren erst mal Grundschulkenntnisse in Deutsch beibringen muss." „Das ist eine Frechheit!" sagte Frau Singsang. Und Herr Heute sagte: „Sie haben scheinbar viel Zeit." „Mein Oberstudienrat in Deutsch würde jetzt zu Ihnen sagen: Der Heute mag die hohen Zahlen besonders gern. Geben wir ihm also in Deutsch eine Fünf. – Sie haben nämlich recht, Herr Heute, ich habe eigentlich gar keine Zeit dazu, Ihnen Deutsch beizubringen. So wie Sie eben ist es in über neunzig Prozent der Fälle, in denen hier im Sender das Wort „scheinbar" benutzt wird, falsch und muss „anscheinend" heißen. Wenn Sie sagen, ich hätte scheinbar viel Zeit, dann bedeutet das, dass es nur so scheint, als hätte ich viel Zeit. In Wirklichkeit meinen Sie aber, dass es den Anschein hat. Also muss es auch anscheinend heißen. Wenn ich Ihnen sage, dass Sie scheinbar die deutsche Sprache beherrschen, dann sollten Sie beleidigt und nicht stolz sein. Die Frage ist, wie kriegen wir diese hohe Fehlerquote in unserem Sender runter. Zunächst erwarte ich natürlich von Ihnen, dass Sie als Chef einer Redaktion über solche Deutschkenntnisse verfügen. Weiterhin erwarte ich von Ihnen, dass Sie bei Ihren Mitarbeitern darauf achten, dass sie nicht solche gravierenden Fehler machen. Mir ist übrigens auch aufgefallen, dass in vielen Filmen und Serien, die wir senden, das Wort scheinbar benutzt wird, wo eindeutig anscheinend gemeint ist. Da wäre es Ihre Aufgabe, Frau Maske, solche Filme und Folgen in Zukunft nicht mehr zu senden. Ich weiß nicht, wo Drehbuchautoren zur Schule gegangen sind, dass sie oft absolut mangelhafte

Deutschkenntnisse offenbaren. Das fällt auch nicht in unsere Zuständigkeit. Die Stücke durchlaufen ja viele Stationen, den Verlag, den Regisseur, den Schauspieler, die alle die Möglichkeit hätten, auf den Fehler hinzuweisen. Wir als Sender sind lediglich für die Ausstrahlung und Verbreitung verantwortlich. Und ich erwarte für die Zukunft, dass wir diese Fehler nicht mehr hinnehmen und veröffentlichen. Das Thema ist ähnlich wie bei den Liedern ohne Subjekt, liebe Frau Singsang.

Wir sind dafür zuständig, falsche Texte nicht zu senden, den Dativ und den Unterschied zwischen scheinbar und anscheinend zu kennen."

„Hier lernt man ja noch was," sagte Herr Kick. „Oh ja, Herr Kick. Und der Sportbereich liegt mir da noch ganz besonders im Magen." „Der Sportbereich?

Wieso das denn?" „Was da gesprochen wird, hat mit unserer Sprache doch teilweise kaum noch etwas zu tun. Dazu wird es zwischen uns noch viele Gespräche geben, lieber Herr Kick." „Wieso, sprechen wir chinesisch?" „Nein, aber deutsch auch nicht. Nennen wir es Kloakensprache. – Da habe ich über unser heutiges Thema übrigens auch ein gutes Beispiel, Herr Kick. Wenn Ihr Sportreporter der Meinung ist, dass der Letzte im Rennen keine Chance mehr hat, dann sollte er bitte in Zukunft nicht sagen: „der kommt für den Sieg scheinbar nicht mehr in Frage, sondern „der kommt anscheinend für den Sieg nicht mehr in Frage. Denn mit scheinbar drückt er ja aus, dass der Letzte noch sehr gute Chancen auf den Sieg hat. Verstehen Sie?" „Das erklären Sie mal den Reportern!" „Nein, das erklären Sie den Reportern!

Sagen Sie ihnen, dass Sie von einem Mikrofontäter in Deutschland erwarten, dass er über derartige Grundkenntnisse der deutschen Sprache verfügt. Das ist Ihre Aufgabe, Herr Kick, denen das klarzumachen und eine entsprechende Qualifikation Ihrer Reporter vorauszusetzen und zu verlangen, bevor sie im Namen unseres Senders in ein Mikrofon sprechen! Wie gesagt, wir haben noch viele Gespräche vor uns."
„Na Mahlzeit!" „Ja, Mahlzeit, meine Damen und Herren, das war's dann auch für heute."
„Ist er nicht süß?" flüsterte Frau Singsang, „ich fange langsam an, mich über ihn zu amüsieren."
„Was sagten Sie, Frau Singsang?" fragte Herr Boss. „Ich sagte: Gemeinsam schaffen wir das!"
„Was ist denn mit der Verwechslung von als und wie?" fragte Frau Maske. „Das ist eine gute Frage, Frau Maske," sagte

Herr Boss. „Den Unterschied muss ich Ihnen ja nicht erklären. Wollen Sie kurz, Frau Maske."

„Ja, das ist ja ganz einfach. Wenn es gleich ist, dann heißt es wie, und wenn es anders ist, dann heißt es als. Kleiner als, aber so groß wie, so alt wie, aber älter als." „Genau, so einfach lässt sich das erklären. Es ist schon ein Phänomen, wie viele Menschen anstatt als immer wie sagen. Es ist kälter wie gestern, du bist blöder wie ich. Da stellen wir ein deutliches Südgefälle fest. Im Südwesten hören wir teilweise nur wie anstelle von als. Was wir da tun können, ist klar. Fehlerhafte Sätze in Zukunft nicht mehr senden. Da gibt es diese nette Geschichte. Zwei kleine Jungs streiten sich auf dem Schulhof. Der eine sagt: „Du hast aber kein Papa!" Worauf der andere erwidert: „Vielleicht mehr wie du!" „Mehr wie du," wiederholte Herr Heute, „das ist gut!" „Dann müssen wir aber viele Beiträge ablehnen, wenn wir falsche Sätze nicht mehr senden," sagte Frau Maske. „Ja, das wird ein langer Prozess," sagte Herr Boss, „bis wir diese gravierenden Deutschfehler aus den Sendungen verbannt haben. Aber es lohnt sich doch, meine Damen und Herren. Es geht doch schließlich um ein wertvolles Kulturgut, nämlich um die Erhaltung der schönen deutschen Sprache. Dabei einen Beitrag geleistet zu haben, sollte uns doch gemeinsam Ansporn genug sein! – Was sagten Sie vorhin, Frau Singsang?" „Ich sagte, gemeinsam schaffen wir das! – Ich glaub, ich kauf mir ein Huhn und fühle jeden Tag, ob es ein Ei legt." „Dann gucken Sie bitte auch, ob es einen CD-Spieler unter dem Schwanz hat," sagte Frau Maske „Ich merke schon, wir sind auf einem guten Weg," sagte der Intendant.

„Ich sollte noch kurz zu Ihnen kommen, bevor ich Feierabend mache, Herr Dr. Boss. Ich habe noch was in der Stadt zu erledigen und wollte jetzt gehen." „Nehmen Sie Platz, Herr Heute. Den Doktor lassen Sie bitte weg, Herr Boss genügt. Es dauert nicht lange. Ich komme dann auch gleich auf den Punkt. Kennen Sie den Satz: „Und führe uns nicht in Versuchung?" „Und führe uns nicht in Versuchung? Das ist aus dem Vaterunser." „Sehr richtig. Das beten die Christen zu ihrem Gott. Und auch der Mensch soll keinen in Versuchung führen. Oder kurz, er soll keinen versuchen. Ich habe mir gestern Abend noch die Livesendung der politischen Runde angesehen. Da ging es um die aktuelle Debatte über die Ministerin für Familie, Senioren, Frauen und Jugend. In der Sendung sagte der Moderator:

„Der Kanzler, der sie versucht hat, zu überreden…" Der Kanzler, der sie versucht hat! Der Kanzler versucht keinen! Und sicher nicht die Ministerin! Das ist wie die Redewendung, die man auch öfter hört: „Ich habe dich versucht anzurufen" oder „Ich hab dich versucht zu erreichen." Wenn das der Herr Krause zu seiner Schwägerin sagt, muss man das nicht groß thematisieren. Aber ein Moderator in unserem Sender."

„Ich weiß, wir sind eine öffentlich-rechtliche Anstalt."

„Sehr richtig! Und was noch schlimmer ist, ein Mitarbeiter von uns mit so einem verdrehten Satz! " „Darüber habe ich noch gar nicht nachgedacht," sagte Herr Heute. „Aber gelegentliches Nachdenken kann auch einem Journalisten nicht schaden! Wie kann man denn so die Sätze verdrehen und die Aussage verändern!? Der Kanzler hat die

Ministerin doch nicht versucht, sondern er hat versucht, sie zu überreden. Das ist doch eine ganz andere Aussage! Manche sagen sogar, sie haben sich selbst versucht. „Ich habe mich versucht zu erinnern," anstatt „ich habe versucht, mich zu erinnern." „Ja, das stimmt," sagte Herr Heute, „das klingt auch gar nicht so falsch!" „Das ist ja das Problem! Und warum klingt es kaum noch falsch? Weil wir es verbreiten! Wir sind schuld daran, Herr Heute. Wenn Sie ein halbes Jahr in Schwabing leben und nur bayerisch hören, dann reden Sie irgendwann auch bayerisch. Ich will Sie dann auch nicht länger aufhalten, Herr Heute. Sagen Sie bitte dem Moderator, er möge in Zukunft darauf achten, dass ihm so etwas nicht mehr passiert." „Ja, das mache ich!" „Und noch eine Bitte: „Sprechen Sie bitte auch ihre Kollegen aus den anderen

33

Redaktionen einmal auf das Thema an, dass sie in ihrem Bereich auch darauf achten sollen." „Dass sie keinen in Versuchung führen, - ich werde es ihnen sagen, Herr Boss." „Dann wünsche ich Ihnen jetzt einen schönen Feierabend." „Danke, das wünsche ich Ihnen auch."

Meine Damen und Herren, wir kommen heute zu einem neuen Thema." „Wieder was zu beanstanden?" fragte Frau Singsang. „Oh ja, Frau Singsang. Meine Liste ist noch sehr lang!" sagte Herr Boss. „Es geht heute um das Wort „geil". Weiß noch jemand von Ihnen, was das Wort bedeutet?" „Scharf, unmoralisch," sagte Frau Maske. „Nee, „geil" bedeutet soviel wie super," sagte Herr Kick. „Ja," sagte Herr Boss, „da hat sogar der Duden kapituliert und übersetzt es mit „umgangssprachlich hervorragend und toll". Wohlgemerkt, umgangssprachlich. Und wir stellen die Frage: Was ist mit der Jugend los? Was für ein Zynismus! Die jungen Leute wissen heute doch gar nicht mehr, was sie da zu hervorragend und toll gemacht haben. „Geil" bedeutet auch heute noch „voll Geschlechtslust." Wer früher einem Mädchen nachgesagt hat, sie sei geil, musste mit Prügel rechnen. Und das völlig zu Recht! Ein böseres Schimpfwort konnte es für ein junges Mädchen eigentlich gar nicht geben. Und heute? Da brüllt ein ganzes Fußballstadion: „Wir sind die geilste Mannschaft der Welt" und ein kleines Kind packt sein Geschenk mit den Worten „boh, geil!" aus. Ich finde das so traurig, so furchtbar traurig! Wie konnte das geschehen, dass dieses ausschließlich negativ besetzte Schimpfwort fast zu einem Lieblingswort der Jugend geworden ist? Da sitzt ein ehemaliger Fußballspieler als Co-Kommentator in einer Diskussionsrunde und brüllt alle paar Minuten „geil!!!" Ja, du armer Kerl, wenn du wüsstest,

dass du ständig „voll Geschlechtslust" rufst….
Ein sogenannter Comedian sagt bei jeder passenden und unpassenden Gelegenheit „wie geil ist das denn?" Und niemand von uns hat etwas dagegen unternommen. Wer ist daran schuld, meine Damen und Herren?" „Die Sprache wandelt sich, Herr Boss," sagte Herr Kick. „ Mein lieber Herr Kick, wir sind schuld. Wir, die Medien sind schuld, weil wir jeden Frevel an unserer Sprache verbreitet haben!" „Und das wollen Sie zurückdrehen?" fragte Herr Kick. „Das will ich nicht nur, - das werden wir zurückdrehen!!! Und dabei erwarte ich von Ihnen absolute Loyalität! Wir werden unser Fernsehen wieder zu einem sauberen Fernsehen machen, meine Damen und Herren. Wir werden wieder zu einem deutschen Sender, der diese Bezeichnung mit Stolz

tragen kann. Wir werden uns wieder des Bildungsauftrages besinnen, mit dem das deutsche Fernsehen einmal gestartet ist. Und dazu gehören in erster Linie eine Grundmoral und die Verbreitung einer gepflegten deutschen Sprache! Sie werden sehen, dass das von unseren Zuschauerinnen und Zuschauern honoriert wird." „Wenn ich Sie jetzt richtig verstehe, wollen Sie auch das Wort „geil" komplett aus unseren Sendungen ausmerzen!?" fragte Herr Heute. „Sie verstehen mich richtig! Genau das werden wir tun! Und wir werden ein paar Gelegenheiten suchen, den Zuschauern den Grund dafür zu erklären. Darüber können Sie sich auch schon mal Gedanken machen, welchen Beitrag dazu Ihr Bereich beisteuern kann, das Wort geil wieder „unappetitlich" zu machen." „Das wird schwer," sagte Herr Kick. „Dem stellen wir uns," sagte Herr Boss, „leicht kann ja jeder!" „Und was machen wir, wenn Gäste dauernd „geil" sagen?" „Bei Aufzeichnungen löschen! Bei Livesendungen die Gäste darauf hinweisen, was das Wort bedeutet und dass wir es in unserem Sender nicht hören wollen. Das ist ja schon mal eine Gelegenheit, die Zuschauer über unseren Entschluss und die Gründe dazu zu informieren."

„Gemeinsam schaffen wir das," sagte Frau Singsang grinsend. Und Frau Maske sagte: „Wie geil ist das denn?"

„Ich muss doch sehr bitten, meine Damen," sagte der Intendant. „Frohes Schaffen, es gibt noch viel zu tun!"

„Meine Damen und Herren, ich möchte heute mit Ihnen über Floskeln reden, die nach meiner Feststellung auch hier am Sender viel zu oft verwendet werden. Vor Ihnen liegt ein Zettel, auf dem ich Ihnen einige dieser gängigen Floskeln aufgeführt habe. Wenn Gesprächspartner Floskeln benutzen, können wir wohl kaum Einfluss darauf nehmen. Aber unsere eigenen Mitarbeiter sollten wir darauf hinweisen, wenn Redewendungen einfach nur dumm und überflüssig sind. Bei Fremdbeiträgen erfordert das ein bisschen Fingerspitzengefühl. Wenn einem da immer die gleichen Floskeln auf die Nerven gehen, sollten Sie durchaus tätig werden und darauf hinweisen. Gehen wir die Liste doch mal der Reihe nach durch.

„Ich persönlich" sollte man nie sagen. Das ist arrogantes Geschwätz. Was will man denn damit ausdrücken? Ich ist immer persönlich! Damit wollen Leute ihre Wichtigkeit unterstreichen nach dem Motto „kein Geringerer als ich." Man sollte ruhig mal hinterfragen: Und wie sehen Sie das unpersönlich? Das regt vielleicht dazu an, einmal über den Unsinn dieser Redewendung nachzudenken. Nicht intelligenter ist „Ich sag mal so". Das hört ja jeder, dass man das so sagt, also braucht man es nicht seiner Aussage voranzustellen. Eine noch dümmere Floskel ist „Ich hätte fast gesagt….". Da könnte man schön antworten, warum fast, Sie haben es doch gesagt!? So sollten wir als gebildete Menschen also unsere Sätze nicht beginnen! Kommen wir zur nächsten Floskel. Oder lassen Sie uns zwischendurch erst mal die

Frage stellen: Was ist überhaupt eine Floskel? Der Duden sagt kurz und bündig „inhaltsarme Redensart." Die Brockhaus Enzyklopädie geht einen Schritt weiter und erklärt eine Floskel mit „inhaltsleere gezierte Redensart, Redewendung." Und Meyers Konversations-Lexikon von 1896 kannte die Floskel auch schon als „inhaltloses Gerede". Wir tun also gut daran, wenn wir als Journalisten so etwas nicht verbreiten wollen! Und wir tun uns ja auch selbst einen Gefallen damit, wenn wir nicht mit inhaltlosem Gerede auffallen wollen. In letzter Zeit hört man häufig die Redewendung „Ich frage mich…". Das ist nicht nur inhaltloses Gerede, das ist schon salopp gesagt dummes Geschwätz, wenn wir einmal darüber nachdenken. Welchen Zweck könnte das haben, sich selbst etwas zu fragen? Wenn wir die Antwort kennen, brauchen wir uns nicht zu fragen. Und wenn wir die Antwort nicht kennen, ist es ja wirklich eine Dummheit, uns trotzdem danach zu fragen. Es ist schon erstaunlich, wie sich derartige Redewendungen ausbreiten können und auch von gebildeten Menschen benutzt werden. Das ist also keine Frage von Bildungsstand und Intelligenz, sondern ein Problem der gedankenlosen Nachahmung. Und das ist genau unser Thema. Wir verbreiten die deutsche Sprache. Und es liegt an uns, ob wir inhaltlose Redensarten verbreiten oder nicht. „Ich frage mich" ist ein Armutszeugnis an den eigenen Verstand. Das würde ja bedeuten, dass Sie selbst nicht wissen, was Sie wissen und was Sie nicht wissen. Ein weiteres Beispiel ist „Ich denke mal". Wir hören das immer wieder in den Medien. Und irgendwann sind wir damit so infiziert, dass wir es für selbstverständlich halten, selbst auch so zu sprechen. Warum erwähnen wir, dass wir mal und nicht immer denken? Noch unsinniger ist die Steigerungsform „Ich denke mir." Ja, wem denn sonst? Ist das nicht egoistisch? Denken Sie doch mal Ihrer Oma oder ihrem Sachbearbeiter beim Finanzamt! Da kommen wir auch gleich auf die nächste Floskel, „Wenn ich mal ehrlich bin". Das sagt mittlerweile sogar der Pastor in seiner Predigt. Was will er uns damit sagen? Dass es nicht oft vorkommt, dass er ehrlich ist? Meine Damen und Herren, entscheiden Sie selbst, ob es in Ihrem Bereich sinnvoll ist, mit den Mitarbeitern einzeln zu sprechen, ob Sie eine Zusammenkunft organisieren oder eine schriftliche Mitteilung bevorzugen und was Sie für die wirksamste Lösung halten.

Appellieren Sie an die Mitarbeiter mitzuhelfen, in Zukunft solche Phrasen, wie wir sie hier besprochen haben, möglichst zu vermeiden. Es kommt hier in hohem Maße auf das Wir-Gefühl an. Darum auch immer wieder bei allen Themen mein Schluss-Satz: Gemeinsam schaffen wir das. Holen Sie Ihre Korrespondenten, Moderatoren, Kommentatoren, Sprecher männlich und weiblich mit ins Boot, damit sie aufhören, so einen Unsinn zu reden, wie es diese Floskeln nun einmal sind. Wenn ein Körper schmutzig geworden ist, müssen wir ihn wieder reinigen. Gemeinsam schaffen wir das! Ich danke Ihnen für Ihre Geduld."

„Gehen wir duschen!" sagte Frau Singsang. „Aber bitte einzeln," sagte Frau Maske. Und Herr Heute sorgte dann für Belustigung mit der Frage: „Warum eigentlich? Warum einzeln?" „Ich habe eher unseren Sender als den schmutzigen Körper gemeint," sagte Herr Boss. „Das schließt doch nicht aus, auch mal mit Frau Maske zu duschen," sagte Herr Heute. „Aber dann kommen Sie als Spielverderber wieder mit Ihren Gleichnissen und erzählen mir etwas von der Versuchung." „Das müssen Sie mit Frau Maske ausmachen," sagte der Intendant lachend. „Machen Sie sich hier auf meine Kosten lustig?" fragte Frau Maske. „Nein, nein, Frau Maske," sagte Herr Boss, „es war eine Anspielung von Herrn Heute auf eine Bemerkung von mir. Er kann es nicht lassen!" „Entweder duschen, oder ich gehe arbeiten," sagte Herr Heute. „Gehen Sie ruhig duschen," sagte Frau Singsang, „aber bitte alleine und so kalt wie möglich."

„Frohes Schaffen," sagte der
Intendant, stand auf und löste
die Runde auf.

„Guten Abend, meine Damen und Herren. Sie hören nun einen Kommentar unseres Intendanten Dr. Boss in eigener Sache."

„Guten Abend, liebe Zuschauerinnen und Zuschauer. Mein Name ist Boss. Ich bin der Intendant dieses Senders. Dem einen oder anderen von Ihnen ist es vielleicht schon aufgefallen, dass sich in unseren Programmen in letzter Zeit kleine Änderungen ergeben haben. Wir sind ein deutscher Fernsehsender. Unsere deutsche Sprache ist ein erhaltenswertes Kulturgut. Das klingt so selbstverständlich. Leider sind immer wieder Möchte-gerne-Reformer am Werk, die sich damit profilieren möchten, unsere Sprache zu verschandeln und Werte unserer Gesellschaft zu zerstören. Als einen dieser Frevel möchte ich das Gendern bezeichnen. Ich finde es bedenklich und bedauerlich, wie kritiklos einige Medien diesen Unsinn mitmachen und unterstützen. Um es kurz zu machen: Ich habe das Gendern in unserem Sender mit sofortiger Wirkung abgeschafft. Bei uns sind Sie Zuschauerinnen und Zuschauer und keine Zuschauer*innen. Und ich darf Sie schon jetzt um Verzeihung bitten, wenn einer meiner Mitarbeiter einmal nicht ausdrücklich auch die weibliche Form hinzufügt, indem er zum Beispiel von Schauspielern, Sportlern oder Zuschauern spricht. Natürlich sind auch dann, so wie es früher selbstverständlich war, die Schauspielerinnen, Sportlerinnen und Zuschauerinnen ebenso gemeint wie die männlichen Personen. Kein normaler Mensch wird es doch als Diffamierung auffassen, wenn von den Schülern einer Klasse die Rede ist, ohne auch ausdrücklich von Schülerinnen zu sprechen. Und wenn ich lobend meine Mitarbeiter erwähne, dann sind auch die Mitarbeiterinnen damit gemeint. Umfragen haben übrigens ergeben, dass die meisten Deutschen das Gendern ablehnen und gute Freunde nicht als Diffamierung empfinden. Soviel zu diesem Thema und zur Erklärung, warum wir das Gendern abschaffen in der Hoffnung, dass die Mehrheit unserer Zuschauerinnen und Zuschauer diesen Entschluss begrüßt. Was die deutsche Sprache anbelangt, werden wir darüber hinaus sehr darauf achten, dass in unseren Sendungen ein gepflegtes Deutsch, so möchte ich es einmal nennen, gesprochen wird und vulgäre Ausdrücke aus dem Sprachschatz unserer Mitarbeiter völlig verschwinden.

Wir werden vielmehr auch bei der Programmgestaltung in Zukunft der deutschen Kultur einen höheren Stellenwert einräumen, damit nicht das letzte Gedicht unserer Lyriker und das letzte Volkslied völlig verloren gehen! Sehen Sie es uns also bitte nach, wenn wir auch mal an einem Tag keinen Krimi senden, wenn Sie auch in unseren Musiksendungen deutsche Lieder hören und wir Comedy- und Satiresendungen ohne Hasskommentare, ohne Beleidigungen und auch ohne vulgäre Ausdrücke senden. Menschenverachtende Texte und auch Blasphemie haben in unseren Sendungen nichts zu suchen! Wer sich für lustig hält, weil er vor laufender Kamera sagt, Gott sei verrückt und Ostern sei das Fest, an dem der Hase ans Kreuz genagelt wurde, den können wir gerne gemeinsam bedauern. Aber solche Leute haben in unserem Sender nichts zu suchen! Das alles ist dann kein Zufall, wenn man so ein Niveau bei uns nicht mehr hört, sondern unser Bestreben, als deutscher Sender Moral und Anstand zu wahren und auch dem Bildungsauftrag wieder gerecht zu werden. – Ich danke Ihnen für Ihre Aufmerksamkeit und würde mich freuen, wenn Sie als Zuschauerinnen und Zuschauer diesen Weg mit uns gemeinsam gehen."

„Das war ein Beitrag unseres Intendanten Dr. Boss in eigener Sache."

Willkommen im Konferenzzimmer". „Mir kommt es so vor, als wäre ich in letzter Zeit mehr hier, als in meiner Redaktion," sagte Herr Heute. „Ich entlasse Sie auch gleich wieder in Ihre Redaktionen," sagte Herr Boss. „Ich möchte Ihnen nur eine kleine Resonanz unserer Zuschauerinnen und Zuschauer nicht vorenthalten. So ist zum Beispiel hier ein Brief zu unserer Serie „Gaby packt an" von einem Ehepaar aus Essen eingegangen." „Warum landet der nicht auf meinem Tisch?" sagte Frau Maske. „Der landet gleich auf Ihrem Tisch, Frau Maske," sagte Herr Boss. „Ich habe Anweisung gegeben, dass die Zuschauerpost, sofern sie unsere Sendungen betrifft, wegen der doch gravierenden Umstellungen in allen Ressorts bis auf weiteres zunächst zu mir kommt. Ich leite das dann schon an die zuständige Redaktion weiter. Das Ehepaar aus Essen schreibt: „Liebes Gaby-packt-an-Team. In der neuen Staffel von Gaby packt an, auf die wir uns immer vorher schon freuen, ist uns aufgefallen, dass Sie dort auf dieses widerliche Gejaule englischer Titel verzichten. Bitte weiter so! Die Musik darin war das einzige, was die Freude an der Serie getrübt hat. Nun freuen wir uns noch mehr auf die nächsten Folgen und hoffen, dass es dort auch ohne diese völlig unpassenden Musik-Ergüsse weitergeht. Danke und beste Grüße, Klaus und Erna aus Essen." – Zum gleichen Thema noch eine Zuschrift an den Zuschauerservice per Email: „Sehr geehrte Damen und Herren. In den letzten beiden Folgen der Serie „Gaby packt an" ist uns aufgefallen, dass Sie dort auf die übliche Musik verzichtet haben. Wir möchten Ihnen mitteilen, dass die Serie dadurch an Qualität gewonnen hat und hoffen, dass es auch weiterhin so bleibt. Die Musik war doch oft sehr störend, viel zu laut, an unpassender Stelle und passte auch inhaltlich überhaupt nicht zur Handlung der Stücke. Außerdem, wir leben in Deutschland, warum diese ständigen englischen Lieder? Also danke auf der ganzen Linie! Mit freundlichen Grüßen, Conny Wegmann." – Inzwischen sind auch Zuschauer-Reaktionen auf meinen Kommentar eingegangen. Ein Zuschauer erwähnt hier auch die englischen Lieder und schreibt folgendes: „Sehr geehrte Damen und Herren, mit Genugtuung habe ich mir den Kommentar Ihres Intendanten Dr. Boss angehört. In vielen Punkten spricht er uns absolut aus der Seele. Es ist bemerkenswert, dass ein leitender Medienvertreter der ständig zunehmenden

Verrohung unserer Gesellschaft Paroli bietet und vor Selbstkritik am eigenen Sender nicht zurückschreckt, der es sich ganz im Gegenteil offensichtlich zur Aufgabe gemacht hat, das Niveau aus der untersten Schublade wieder herauszuholen und sich sogar eines Bildungsauftrages besinnt. Ein ganz großes Kompliment an diesen Mann, dem man nur wünschen kann, dass er mit dem gesamten Redaktionsteam seine Ziele erreicht und auch normale Menschen wieder Freude am Fernsehen bekommen." – Ja, meine Damen und Herren, ich gebe das so an Sie weiter. Es betrifft ja das angesprochene Redaktionsteam noch viel mehr als mich, da Sie die Ziele umsetzen. Dafür möchte ich Ihnen übrigens auch heute einmal ausdrücklich danken, dass Sie nach anfänglichen Startschwierigkeiten offensichtlich nun mit mir an einem Strick ziehen und in einem Boot sitzen." – „Gemeinsam schaffen wir das," sagte Frau Singsang." – „Genau, gemeinsam schaffen wir das. Wir sind auf einem guten Wege. Und die Zuschauer scheinen es zu würdigen. –

Doris Wenger aus Berlin schreibt zu meinem Kommentar: „Endlich äußert sich eine kompetente Stelle dazu, was dieses Gendern für ein Blödsinn ist." Und Hans Jensen aus Hamburg schreibt: „Da besinnt man sich also darauf, dass wir hier in Deutschland leben und eine eigene Kultur haben, die es zu erhalten gilt. Bravo! Und was die deutsche Lyrik und die Lieder anbelangt, wäre zu wünschen, dass man sich auch in den Schulen wieder darauf besinnt. Es weiß ja kaum noch ein Kind oder Jugendlicher, was der Zauberlehrling ist und welcher

Baum vor meinem Vaterhaus steht. Und wenn man einen jungen Mann fragt, wer Joachim Ringelnatz ist, dann fragt er zurück: „Spielt der beim HSV?" Das waren ein paar interessante Zuschauer-Reaktionen, die ich Ihnen nicht vorenthalten wollte und die uns ermutigen sollten, auf dem eingeschlagenen Weg weiterzumachen. – Ich danke Ihnen!"

„Sie erinnern sich sicher noch daran, was das Perfekt und das Plusquamperfekt sind," sagte Herr Boss bei der nächsten Zusammenkunft im Konferenzzimmer. „Vergangenheit und Vorvergangenheit," sagte Herr Heute. „Genau, Vergangenheitsformen," bestätigte Frau Maske. „Vergangenheitsformen," wiederholte der Intendant, „und die einzige Vergangenheitsform, die die Medien noch zu kennen scheinen, ist das Schulwissen ihrer Mitarbeiter. Ihnen ist doch sicher auch schon aufgefallen, dass wir in den Medien die Vergangenheitsformen völlig abgeschafft haben. Wie ist so etwas nur möglich? Im August 2023 hieß es im öffentlich-rechtlichen Fernsehen: „70 Menschen sterben in Rammstein." Der Flugzeugabsturz war 35 Jahre her und die Redaktionen meinen offenbar immer noch, da sterben Menschen. Ein weiterer Originaltext: „Die IS-Rückkehrerin reist 2014 nach Syrien." Warum nicht „reiste"? Es gibt doch keinen plausiblen Grund dafür, aus der Vergangenheitsform die Gegenwartsform zu machen. Alle Ereignisse der Vergangenheit werden so erwähnt, als würden sie gerade stattfinden oder noch bevorstehen. Wie ist so etwas möglich? Wie konnte es dazu kommen? Da sitzen doch überall Menschen in den Redaktionen, die einmal eine Schule besucht haben! Haben sie gemeint, man lernt das nur zum Spaß? „Die Bundeskanzlerin trifft sich mit dem amerikanischen Präsidenten." Fällt dem Urheber und dem Sprecher dieses Satzes nicht auf, dass wir gar keine Bundeskanzlerin mehr haben?

„Éin Mann fährt gestern mit seinem Auto in eine Menschenmenge in der Einkaufszone." Was geht da im Kopf vor, wenn man solche Sätze spricht? Versuchen Sie mal, gestern mit dem Auto zu fahren. Ich schaffe das nicht! „Die deutsche Mannschaft schafft wieder keinen Sieg." Das Spiel ist doch schon seit 48 Stunden vorbei. Ich will Sie jetzt nicht mit weiteren Beispielen langweilen; denn es ist ja bei allen Nachrichten so, dass die Vergangenheit bei den Medien nicht mehr existiert. Ich verstehe nicht, wie das passieren konnte, dass die Vergangenheitsform komplett abgeschafft wurde. Liebe Redakteurinnen und Redakteure, nehmen Sie es mir bitte nicht übel, wenn ich sage, dass ich das für eine Verblödung der Sender halte und eigentlich für eine Unverschämtheit den Zuschauern gegenüber. Da spricht man vom Bildungsauftrag der öffentlich-rechtlichen Sender und ignoriert simples Grundschulwissen! Kein Mensch würde versuchen, gestern über einen Zebrastreifen zu gehen. Aber die Medien können das! – Kurz und gut, meine Damen und Herren, wir werden das an unserem Sender wieder richtigstellen. Wir werden ab sofort über vergangene Ereignisse auch in der Vergangenheitsform berichten. Ich werde Ihnen über diese Entscheidung noch ein Rundschreiben zukommen lassen und bitte Sie, das an alle Mitarbeiterinnen und Mitarbeiter in Ihrem Bereich weiterzuleiten bzw. Ihre Mitarbeiter über diese Anordnung zu unterrichten."

„Es wird schwierig sein, das von heute auf morgen durchzusetzen," sagte Herr Heute. „Das sehe ich auch so," sagte Herr Kick. „Ja, Sie beide sind durch Ihre Berichterstattung am meisten davon betroffen," sagte der Intendant. „Was nicht von heute auf morgen geht, das geht übermorgen. Auf jeden Fall werden wir das ab sofort ändern. Es ist albern und lächerlich zu sagen, die britische Königin kommt zum ersten Mal nach Deutschland. Und es ist auch nicht einzusehen, warum nicht gesagt wird, sie kam zum ersten Mal nach Deutschland. Warum einer geht, der schon ging, warum einer verliert, der schon verloren hat und warum einer stirbt, der schon beerdigt ist, das ist einfach nicht nachvollziehbar. „Der Rentner stirbt am 8. August." Es ist aber schon September und somit davon auszugehen, dass der Rentner längst begraben ist, wenn der Sender ihn sterben lässt. Das ist kein seriöser Umgang mit unserer Sprache und unseres Senders nicht würdig!

„Die Deutschen gewinnen das Hinspiel." Und wenn man hinfährt und sich das angucken will, sind die Tore schon wieder geschlossen. Und dann fragt man: Woher wusste der eigentlich, dass die Deutschen das gewinnen? Ist er Hellseher? Nein, er spricht nur schlechtes Deutsch! Die Deutschen haben nämlich längst gewonnen. Fühlt sich ein Sprecher, der einmal die Schule besucht hat, wohl dabei, wenn er sagt: „Der THW Kiel gewinnt gestern 2:0"? So geschehen im Sportteil der Nachrichten! Und wenn er Schalke-Fan ist, würde er wohl lieber sagen „Schalke gewann gestern" oder „Der THW Kiel verlor gestern 2:0." „Ist ja gut," sagte Frau Singsang, „wir haben es ja verstanden!" „Es geht nicht nur darum, dass Sie es verstehen, liebe Frau Singsang.

Ich möchte mit den Beispielen auch erreichen, dass Sie empfinden, wie abwegig das ist. Wir Medien machen es möglich, dass Sie am Tag Ihrer Geburt in den Kreißsaal gehen und Ihrer eigenen Geburt zuschauen können. Und niemand weist darauf hin, dass sich das mit der deutschen Sprache nicht vereinbaren lässt!" „Ich war eine Hausgeburt," sagte Frau Singsang und sorgte damit für Gelächter bei den Redakteuren. „Ja, dann warten Sie allerdings im Kreißsaal vergeblich," sagte der Intendant. „Ich danke Ihnen, meine Damen und Herren, für Ihre Aufmerksamkeit. Sie bekommen das noch als Rundschreiben und können es dann bitte kurzfristig an Ihre Mitarbeiter weitergeben. „Dass Frau Singsang eine Hausgeburt war?" fragte Frau Maske.

„Die Geburt von Frau Singsang ist schon Plusquamperfekt,"

sagte Herr Heute, „das ist schon Vergangenheit in Vollendung."
„Unverschämter Kerl," murmelte Frau Singsang. „Ist doch lieb gemeint," sagte Herr Heute.
„Ja! Ja! Ja!!!"
„Danke, meine Damen und Herren," sagte der Intendant noch einmal und löste damit die Besprechung auf.

„Da sind wir wieder beisammen!
Nach der Wiedereinführung von
Perfekt und Plusquamperfekt an
unserem Sender geht es heute
um ein zweites großes Thema,
nämlich das Duzen. „Was haben
Sie denn gegen das Duzen?"
fragte Herr Heute. „Ich habe
nichts dagegen, wenn Sie die
Frau Singsang duzen," sagte Herr
Boss. „Aber ich habe etwas
dagegen," sagte Frau Singsang.
„Zum Glück duzen wir ja unsere
Zuschauerinnen und Zuschauer
noch nicht, so viel Anstand
haben wir uns noch bewahrt",
sagte der Intendant. „Und dass
unsere Werbekunden das
vielfach tun, dagegen können wir
wohl nichts unternehmen.
Es geht mehr um das imaginäre
Duzen." „Imaginäres Duzen?"
hinterfragte Herr Heute. „Ja, so
will ich es einmal bezeichnen. Da
werden doch ständig Leute
geduzt, die gar nicht da sind. Da

musst du, da bist du, da hast du, da kannst du. Wer ist dieser Du? Besonders krass ist das im Sport, also im Bereich von Herrn Kick. Da ist dieses imaginäre Du zu einer regelrechten Seuche geworden. Nicht nur die sogenannten Experten, die Co-Kommentatoren, sondern auch unsere Mitarbeiter haben sich bereits diesen Blödsinn angewöhnt. Ich hatte zunächst den Eindruck, dass es diese Unsitte nur im Fußball gibt. Inzwischen hört man aber in allen Sportarten da musst du, da bist du, da hast du, da kannst du. „Da musst du als Verteidiger doch energischer angreifen. Da musst du als Stürmer doch stehen. Da musst du als Trainer doch eher auswechseln." Und niemand sagt: „Ich bin kein Verteidiger, ich bin kein Stürmer, und ich bin auch kein Trainer!!!" Das erwarte ich von unseren Mitarbeitern, anstatt diesen

Unsinn auch noch mitzumachen. Wenn der Co-Kommentator sagt: „Da musst du angreifen," erwarte ich von unserem Reporter die Antwort: „Ich darf doch gar nicht auf den Platz. Wie soll ich da angreifen?" Und wenn der Co-Kommentator sagt, wie geschehen: „Da kannst du stolz auf dich sein, du hast einen starken Gegner geschlagen", dann möchte ich in Zukunft von unserem Reporter hören: „Ich habe gar keinen geschlagen und ich habe auch gar nicht mitgespielt!." Er soll lernen, dass das dummes Geschwätz ist! Herr Kick, bitte sorgen Sie dafür, dass in unserem Sender dieses dumme Geschwätz aufhört! Bei einigen Sportkommentaren hat man den Eindruck, es würde sich um die Büttenrede aus einer geschlossenen Anstalt und nicht um eine Sportübertragung handeln. Da gibt es keinen Stürmer mehr, keine Flanke, kein

Tor, keinen Ball, - da ist jeder
und alles geil, da bist du, da hast
du, da kannst du.....“
„Mag ja sein,“ sagte Herr Kick,
„aber ich weiß nicht, was ich
dagegen tun soll.“ „Das kann ich
Ihnen sagen, was Sie dagegen
tun sollen,“ sagte der Intendant.
„Sie erklären Ihren Mitarbeitern,
dass Sie das für dummes
Geschwätz halten und dass sie
gefälligst in vernünftigem und
sinnvollem Deutsch reden sollen,
wenn sie weiterhin für diesen
Sender tätig sein möchten! So
einfach ist das! Erklären Sie
ihnen, dass es diesen Du nicht
gibt und dass es notfalls heißt
„da muss man als Stürmer
stehen“ und nicht „da musst du
als Stürmer stehen.“ Dieser Du
spielt nicht mit! Erklären Sie das
Ihren Mitarbeitern! Und die
Kommentatoren mögen bitte
auch ihren Co-Kommentatoren
sagen, dass es dieses Geschwätz
an unserem Sender nun nicht

mehr gibt. Was ist daran so schwer zu verstehen?" „Aber man spricht doch nun mal so," beharrte Herr Kick. „Man duzt einen, der gar nicht da ist?" sagte Herr Boss, „wer ist man, der so spricht?" „Ich muss Herrn Kick beipflichten," sagte Herr Heute, „die Fans, die Aktiven, sie sprechen alle so." „Danke, Herr Heute," sagte Herr Kick. „Die Fans und die Aktiven brüllen auch „geil!" sagte der Intendant. „Aber wir sind nicht die Fans und nicht die Aktiven. Und unsere Mitarbeiter haben so zu sprechen, wie sich das bei einem seriösen Sender gehört! Während der Leichtathletik-WM hörte ich den Satz: „Den musst du auf der Rechnung haben" und drei Minuten später: „Was brauchst du, um in so einem Finale zu bestehen!?" Diesen Du, der jemanden auf der Rechnung haben muss und diesen Du, der das Finale bestehen muss, gibt es nicht! Ich bitte Sie also noch einmal, sorgen Sie dafür, dass unsere Mitarbeiter mit diesem imaginären Du aufhören und auch Einfluss auf die Co-Kommentatoren nehmen, vernünftig zu reden." „Die sprechen doch teilweise nicht einmal fehlerfreies Deutsch," sagte Herr Heute. „Dann sollten wir sie nicht beschäftigen!" sagte der Intendant gereizt. „Wer sucht denn diese Co-Kommentatoren aus? Wenn sie kein einwandfreies Deutsch sprechen, dann kommen sie entweder für unseren Sender nicht in Frage, oder wir müssen sie vorher in einen Deutschlehrgang schicken, bevor wir sie an ein Mikrofon lassen. Wir haben nun mal einen Beruf gewählt, in dem man unsere Sprache beherrschen sollte. Ich werde es in Zukunft nicht akzeptieren, dass unser Sender eine Kloakensprache verbreitet

und hoffe, von Ihnen verstanden
zu werden und dabei unterstützt
zu werden, meine Damen und
Herren. Wenn Sie da anderer
Auffassung sind, stehe ich gerne
zu Einzelgesprächen zur
Verfügung. Das Gespräch hier
und heute möchte ich damit
beenden. Ich danke Ihnen, einen
schönen Tag weiterhin."

„Guten Morgen, Herr Boss."
„Guten Morgen, Frau Singsang."
„Haben Sie einen Moment Zeit
für mich?" „Ja,
selbstverständlich. Nehmen Sie
Platz. Was haben Sie auf dem
Herzen?" „Danke! – Ja, in der
Tat, ich habe etwas auf dem
Herzen. Brauchen wir jeden Tag
einen Krimi?" „Einen Krimi? Das
Thema steht auch auf meiner
Liste. Warum fragen Sie?"
„Könnte ich nicht einmal in der
Woche den Sendeplatz für ein
deutsches Musikquiz haben? Ich
denke da an ein Format für
Opern- und Operettenfreunde
und für solche, die es mal
werden sollen. In der Sendung
eventuell auch ein Block mit
deutschen Volksliedern. Ich
hätte da schon konkrete
Vorstellungen, wie man so etwas
präsentieren könnte." „Hm!
Deutsches Musikquiz. Das hört
sich nicht schlecht an. Und dafür

weniger Sendezeit für Krimis. Frau Singsang, da laufen Sie bei mr offene Türen ein. Ja, konzipieren Sie doch mal so eine Quizsendung. Die Idee gefällt mir. Vor allem würden wir damit ja einen kulturellen Beitrag leisten, deutsches Volksgut wieder in Erinnerung bringen und so weiter." „Die Idee gefällt Ihnen also?" „Ja, das sagte ich doch, die Idee gefällt mir!" „Ich stelle mir das so vor, dass wir neben Einspielungen auch Interpreten einladen, die live Lieder oder Arien singen und Kandidaten, die dazu Fragen gestellt bekommen. Eventuell kann man auch das Studiopublikum mit in das Quiz einbeziehen oder bei Außenveranstaltungen die Zuschauer im Saal." „Frau Singsang, ich sehe, dass Sie da ein gewisses Konzept im Kopf haben, das sich sicher realisieren lässt." „Man könnte auch…."

„Danke, Frau Singsang, das reicht erst mal an Informationen. Wie gesagt, erstellen Sie mal ein Konzept mit Arbeitstitel und so weiter. Den Sendeplatz dafür bekommen Sie. Wobei mir die Idee sehr gut gefällt, dafür Krimizeit zu kürzen. Wir sollten uns sowieso von den vielen Kriminalfilmen und Krimiserien verabschieden und dafür anspruchsvollere Unterhaltung anbieten. Das ist schön, Frau Singsang, dass Sie da mitdenken und wir die gleichen Ziele verfolgen." „Ich wüsste auch schon, welche Musiker dafür in Frage kämen." „Danke, Frau Singsang, das reicht erst mal als erste Information. „Das deutsche Musikquiz", ja, das gefällt mir. Das gefällt mir!"

„Guten Tag, Herr Boss." „Guten Tag, Frau Maske." „Darf ich mal stören?" „Sie stören nicht. Bitte, nehmen Sie Platz, Frau Maske." „Ich komme gleich zum Thema, Herr Boss. Sie wollen mir Sendezeit wegnehmen. Damit bin ich nicht einverstanden!" „Das ist ja furchtbar, dass Weiber über ungelegte Eier immer sofort tratschen müssen!" sagte der Intendant. „Das Wort Weiber verbitte ich mir!!!" sagte Frau Maske. „Es ist doch noch gar nichts entschieden," sagte Herr Boss. „Die Krimis nehmen in unserem Programm ohnehin zu viel Platz ein." „Und dafür wollen Sie Frau Singsang ein Musikquiz geben?" „Frau Maske, es ist noch nichts entschieden. Das war eine Idee von Frau Singsang." „Das kann ich mir vorstellen!" „Und die Idee ist ja gar nicht schlecht." „Aber doch nicht auf meine Kosten! Dann bringen Sie dafür weniger Sport oder weniger Zeitgeschehen. Aber an die Herren Kick und Heute trauen Sie sich nicht ran. Sie meinen, mit einer Frau kann man das machen." „Frau Maske, was Sie da jetzt sagen, das ist absurd. Sie sind fast jeden Tag mit einem Krimi auf Sendung. Wer will das denn sehen?" „Die Zuschauerinnen und Zuschauer wollen das sehen!" „Wer sagt Ihnen das? Hat da eine Zuschauerbefragung stattgefunden? Die Zuschauer verblöden doch von diesen ständigen Krimis. Einer aus München, einer aus Hamburg, demnächst wollen Sie noch einen aus Bielefeld und einen aus Paderborn oder Ostrhauderfehn." „Das möchte ich aber doch einmal dahingestellt sein lassen, Herr Boss, ob die Zuschauer bei einem Krimi oder bei einem Musikquiz mehr verblöden." „Liebe Frau Maske, Ihr Arbeitsfeld und das von Frau Singsang überschneiden sich doch. In so ein Quiz könnten doch durchaus auch Filmbeiträge einbezogen werden, für die Sie zuständig sind. Sie sind doch Kolleginnen und keine Konkurrenten. Sehen Sie das doch mal so. Und außerdem geht es doch um das Ganze, nämlich um die Präsenz unseres Senders." „Für die Präsenz unseres Senders muss man mir nicht Sendezeit wegnehmen!" sagte Frau Maske. „Ich verstehe ja, dass Sie sich jetzt über die Information von Frau Singsang geärgert haben, liebe Frau Maske. Aber Ihre Redaktion hat doch wirklich einen sehr großen Anteil in unserem täglichen Programm. Und Krimis sind in gewisser Weise eine Gewaltverherrlichung, haben Sie darüber schon mal nachgedacht?" „Darüber muss ich nicht nachdenken, weil ich das ganz und gar nicht so sehe. In den meisten Krimis siegt am Ende das Gute. Es ist also keine Gewaltverherrlichung, sondern im Gegenteil, die Vermittlung der Erkenntnis, dass Gewalt immer ein schlechtes Ende nimmt. So sehe ich das, Herr Boss! Das war früher in Wildwestfilmen so, und ist auch jetzt in den Krimis so. Die Bösen werden geschnappt und bestraft, das ist die Handlung der Krimis." „Es bringt nichts, Frau Maske, dass wir beide jetzt über Inhalt und Sinn der Krimis philosophieren. Unser Programm muss vielfältiger werden und kulturell wertvoller." „Auf Kosten meiner Redaktion!?" „Nein, Frau Maske, sondern im Sinne einer professionellen Programmgestaltung." „Und da halten Sie ein Volkslied für professioneller als einen Tatort!?" „Sie mögen jetzt mit meiner Antwort nicht gerechnet haben. Ja, ich halte ein Volkslied im Programm für professioneller und kulturell für wertvoller als einen Tatort!"

„Herr Boss, ich lasse das noch nicht auf sich beruhen, dass Sie mir so einfach Sendezeit wegnehmen wollen." „Aber das will doch gar keiner, Frau Maske. Ihre Redaktion ist doch kein Satellit hier im Hause, um den sich alles dreht. Wir müssen doch gemeinsame Interessen haben und gemeinsam unseren Zuschauerinnen und Zuschauern optimales Fernsehen anbieten. Ich kann nur an Sie appellieren, ziehen Sie da mit und stellen Sie sich nicht selbst ins Abseits. Es will Ihnen niemand Sendezeit wegnehmen. Gehen Sie mit Frau Singsang mal einen Kaffee trinken. Sie sind doch Kolleginnen!!!"

„Ich werde darüber nachdenken, Herr Boss. Trotz allem, danke für das

Gespräch." „Tschüss, Frau Maske! Einen schönen Tag weiterhin."

„Guten Morgen, Herr Boss." „Guten Morgen, Herr Heute. Nehmen Sie bitte Platz. Wir müssen mal über ein paar grundsätzliche Dinge Ihrer Redaktion sprechen." „Grundsätzliche Dinge?" „Ja, es schleicht sich da einiges in die Berichterstattung ein, was ich als nicht gut empfinde." „In der Berichterstattung schleicht sich einiges ein??? Das müssen Sie mir erklären!" „Ja, genau das habe ich vor! Wir sind uns sicher einig darin, dass die originäre Aufgabe Ihrer Redaktion darin besteht, sachlich und neutral über das Tagesgeschehen zu berichten." „Originär? Ja gut, es ist eine wichtige Aufgabe meiner Redaktion." „Die wichtigste!" sagte der Intendant, „wobei ich „sachlich und neutral" besonders betonen möchte. Und da ist mein Eindruck, dass wir dringend etwas verbessern müssen." „An der sachlichen und neutralen Berichterstattung müssen wir einiges verbessern? Das ist Ihr Eindruck." „Ja! Ich kann es auch anders sagen: Ich sehe da dringenden Handlungsbedarf." „Das schockiert mich, Herr Boss. Da bin ich ja mal gespannt, was Sie sich jetzt wieder ausgedacht haben." „Herr Heute, bringen Sie das Gespräch bitte nicht auf so eine Ebene! Ich denke mir nichts aus, sondern ich versuche, diesen Sender wieder auf ein gewisses Niveau anzuheben. Hier merkt ja schon keiner mehr, wie tief das Niveau inzwischen gesunken ist. Der ganze Verein scheint so betriebsblind zu sein, dass die eigene Arbeit überhaupt nicht mehr hinterfragt wird. Kommen wir also zum Thema ."

„Zur sachlichen und neutralen Berichterstattung," sagte Herr Heute nicht ohne Ironie. „Nur mal am Rande: zwanzigfünfzehn ist keine Sendezeit und zwanzigdreiundzwanzig keine Jahreszahl. Das sind bestenfalls Lottozahlen. Bei uns heißt das in der Programmvorschau ab sofort 20.15 Uhr wie sich das gehört und das Jahr heißt zweitausenddreiundzwanzig. Und die Zwanzig wird auch nicht gelispelt, es heißt nicht ßwanßifümßehn, sondern zwanzig Uhr fünfzehn. Wie gesagt, das nur am Rande. Noch viel wichtiger erscheint mir die Frage nach positiven und negativen Nachrichten. Gibt es monatelang auf der ganzen Welt keine positiven Ereignisse?" „Natürlich gibt es auch positive Ereignisse," sagte Herr Heute. „Und warum berichten Sie nicht darüber? Ich höre täglich fast ausschließlich negative Schlagzeilen und Horrornachrichten. Das überträgt sich auf die Gesellschaft! Warum berichten Sie in den Nachrichten nicht auch über positive Dinge? Sie gehören doch genauso zum Tagesgeschehen wie schlechte Nachrichten. Da sind uns die Printmedien voraus. In der Zeitung kann man wenigstens auch lesen, wenn der Lieblingshund von Frau Meier aus dem Heizungsschacht gerettet wurde, wenn motivierte Kinder bei der Aktion „Haltet die Stadt sauber" fleißig helfen und wenn sich Menschen ehrenamtlich für andere Menschen einsetzen. Warum sind das keine Themen in Ihren Nachrichten? Zu einer ausgewogenen Berichterstattung gehören auch die positiven Dinge des Lebens. Viel schlimmer ist aber, dass Ihre ständige negative Berichterstattung auch mit einer ständigen Kritik an Bund, Land und Kommune verbunden ist. Und wissen Sie, was Sie damit erreichen? Sie schaffen in der Bevölkerung ein negatives Empfinden. Sie schaffen damit die Meinung, es sei alles schlecht in diesem Lande. Und wenn Sie dann auch noch hinterfragen, warum die Gegner der Demokratie so einen Zulauf haben, dann ist das schon reiner Zynismus. Denn wir machen uns damit zum Steigbügelhalter der extremen Parteien! Und dann werden diese Leute auch noch in Talksendungen eingeladen und fast täglich interviewt. Hofieren nennt man so etwas, Herr Heute! Wir sind mit Schuld daran, wenn radikale Kräfte in unserem Land wieder Oberhand bekommen. Ihre ständige Kritik an der Regierung zum Beispiel ist doch Wasser auf die Mühlen dieser Leute! Ist Ihnen das nicht bewusst? Ist einer in Ihrer Familie in dicken Wolldecken gehüllt erfroren, als die Gaslieferungen aus Russland eingestellt worden sind? Haben Sie selbst zähneklappernd vor Kälte nur mit Mühe den Winter in Ihrer völlig ausgekühlten Wohnung überlebt? So jedenfalls haben Sie es in den täglichen Nachrichten dargestellt und den Zuschauern vermittelt. Und wenn dann völlig zu Recht ein Politiker sagt: „Wir schaffen das!", dann wird selbst das in Ihren Sendungen noch kritisiert, anstatt es lobend hervorzuheben, wie die Regierung mit den Herausforderungen fertig geworden ist. Nein, es sind verdammt keine leichten Zeiten, ein Krieg, eine Pandemie, Flüchtlingsströme. Aber gibt das nicht auch positiven Stoff für uns Journalisten genug, dass die Probleme gelöst werden, dass wir, - machen wir uns nichts vor, - immer noch Wohlstand im Land haben. – Sehen Sie, Herr Heute, das meine ich mit sachlicher und neutraler Berichterstattung!" „Wir können unseren Zuschauern doch keine heile Welt vorgaukeln!" sagte Herr Heute. „Sie sollen nichts vorgaukeln, sondern Sie sollen damit aufhören, den Teufel an die Wand zu malen und die Bevölkerung aufzuhetzen! Das ist nicht unsere Aufgabe, Herr Heute. Das ist nicht Ihre Aufgabe!!! Wer ist denn bei Ihnen erfroren? In welcher Armut leben Sie denn? Wer oder was bedroht Sie hier im Land? Es ist nicht Ihre Aufgabe, Herr Heute, rechtsradikalen Parteien Wähler zu beschaffen!!!" „Das ist ja unverschämt, Herr Boss!" „Das ist nicht unverschämt, Herr Heute, das sind Fakten. Mit Ihrer ständigen einseitigen Kritik erzeugen Sie doch die Stimmung im Land, dass alles schlecht ist und wir Angst haben müssen, wenn es so demokratisch weitergeht. Sie erzeugen diese Stimmung, Herr Heute. Mit Ihren ständigen negativen Nachrichten erzeugen Sie sie!!!" „Herr Boss, ich habe keine Lust, mir das länger anzuhören." „Warum reagieren Sie so negativ auf die Kritik? Warum sind Sie nicht einfach einsichtig, denken einmal darüber nach, bevor Sie beleidigt sind. Es ist doch keine Kritik an Ihrer Person, Herr Heute. Andere Sender handhaben das ja ähnlich. Aber dadurch wird es doch nicht richtig und nicht legitimiert! Es ist zynisch, Herr Heute, wenn wir uns über einen Zerfall beklagen, solange wir durch unsere Berichterstattung selbst dazu beitragen! Wir erreichen Millionen Menschen. Das ist nicht wegzudiskutieren, dass wir damit ganz erheblich zu einer Meinungsbildung im Volk beitragen. Und das verpflichtet uns, sehr sorgfältig und seriös damit umzugehen. Das verpflichtet uns zu einem seriösen und selbstlosen Journalismus, nur der Aufgabe verpflichtet. Es ist nicht unsere Aufgabe, Herr Heute, Menschen und Regierung zu kritisieren. Unsere Aufgabe ist, neutral zu berichten. Und zur neutralen Berichterstattung gehören auch die positiven Seiten und erfreulichen Ereignisse." „Ich habe Sie verstanden, Herr Boss. Wir werden in den nächsten Nachrichten darüber berichten, dass die freiwillige Feuerwehr den Kanarienvogel von der Witwe Bolte wieder eingefangen hat und sie vor Freude geweint hat." „Ich werde Ihre Nachrichten in der nächsten Zeit sehr kritisch verfolgen, Herr Heute. Es interessiert mich auch, ob die Witwe Bolte vor Freude über den

eingefangenen Wellensittich weint oder
ob sie über Sie und Ihre Nachrichten
weint, Herr Heute. Danke, das war's
dann im Moment, was wir zu
besprechen hatten. Sie haben ja sicher
damit zu tun, die nächsten Nachrichten
vorzubereiten."

„Hallo, Herr Boss. Sie klangen am Telefon sehr aufgebracht." – „Guten Tag, Frau Singsang. Ja, aufgebracht, das ist der richtige Ausdruck. Nehmen Sie Platz. Sagen Sie mal, Frau Singsang, was haben Sie denn da für Ferkel in die gestrige Satiresendung eingeladen?" „Ferkel? Gestern?" „Die waren ja beide unmöglich. So etwas kann man meinetwegen auf der Jahresfeier eines Kegelclubs zum Besten geben, aber doch nicht im öffentlich-rechtlichen Fernsehen!" „Was meinen Sie denn genau, Herr Boss?" „Bei dem ersten Auftritt hörte man nur ordinäre Ausdrücke. Die ganze Rede ging doch unter die Gürtellinie. Das müssen Sie doch auch hören!!!" „Ja, das war ein bisschen hart." „Das war nicht hart, das war ordinär und geschmacklos!" „Ich weiß ja vorher auch nicht, was die vortragen." „Das sollten Sie aber wissen! Bei solchen Sendungen lässt man sich doch vorher ein Manuskript der Rede schicken." „Das haben wir nie gemacht." „Sie sehen ja, was dabei herauskommt. Jeder Karnevalsverein lässt sich die Büttenreden vorher in schriftlicher Form schicken, bevor einer die Bütt betritt. Und Sie laden einfach solche Leute ein und wissen nicht, welche Ferkeleien da über den Sender gehen!? Und die vermeintlich politische Rede des zweiten Redners bestand nur aus Hetze und Beleidigungen. Die gesamte Sendung, liebe Frau Singsang, war eine einmalige Entgleisung. So etwas sollte sich in unserem Sender nicht wiederholen. Ich werde es auch Ihren Kollegen noch einmal sagen, dass ich an unserem Sender keine Hetze, keine Beleidigungen und keine Blasphemie dulde!" „Herr Boss, ich will jetzt nicht detailliert den Inhalt der gestrigen Vorträge verteidigen, aber alleine das Wort Satire bedeutet doch, durch Spott, Ironie und Übertreibung Personen und Zustände zu kritisieren und verächtlich zu machen." „Und von ficken und einen blasen zu reden???" „Nein, natürlich nicht. Zugegeben, der erste Redner war krass. Aber die politische Rede war doch genau das, was man sich als Satire vorstellt. Der

Künstler hat ja auch einen guten Namen in Deutschland." „Das hat der andere in seinen Kreisen auch und redet von Ziegenficken und solchen unmöglichen Dingen! Sie haben recht, Frau Singsang, Spott und Ironie gehören zur Satire dazu. Da ich aber keinerlei Hetze und Beleidigungen an unserem Sender wünsche, wird das gestern die letzte Satiresendung bei uns gewesen sein. Damit haben wir ja einen freien Sendeplatz für das von Ihnen gewünschte deutsche Musikquiz. Da können wir also auch zunächst Frau Maske beruhigen, dass sie dadurch keine Sendezeit verliert. Wir sind Journalisten, Frau Singsang, und eine journalistische Aufgabe besteht nicht darin, Politiker und andere Menschen zu diffamieren und zu beleidigen." „Und wenn ich mir in Zukunft die Reden vorher schicken lasse?" „Wollen Sie Ihr Musikquiz oder nicht?" „Ja, doch, natürlich." „Na sehen Sie, dann ist das ja geklärt. Aber wenn Sie in Zukunft Künstler einladen, dann lassen Sie sich die beabsichtigten Vorträge vorher zusenden und sorgen Sie dafür, dass es keinerlei ordinäre Texte dabei gibt. Und präferieren Sie die deutsche Sprache. Wir sind ein deutscher Sender! Ich hoffe, wir haben uns verstanden, Frau Singsang." „Na, Sie stellen ja hier einiges auf den Kopf, wenn ich das mal so sagen darf." „Ich stelle nichts auf den Kopf, ich stelle einiges wieder richtig. Und das wurde allerhöchste Zeit!"

„Guten Morgen, Herr Boss." „Guten Morgen, Frau Maske. Nehmen Sie Platz." „Ich hörte von Frau Singsang, dass Sie nun doch eine andere Lösung gefunden haben und ich keine Sendezeit für ein geplantes Musikquiz abgeben muss. Das ist ja auch viel fairer, dass dann im Bereich von Frau Singsang an anderer Stelle eingespart wird. Aber deswegen wollte ich Sie nicht sprechen. Nicht nur deswegen! Mir ist exklusiv eine Kinderserie angeboten worden, die ich für sehr interessant halte. Können wir bitte darüber mal kurz sprechen." „Ja, können wir!" „Das sind gereimte Kindergeschichten mit dem Titel „Die Schlampimännchen". Das sind insgesamt vier kleine lustige Männchen, der Chef, Mister Hut, Pummelchen und der kleine Fröhlich, die überall auftauchen, wo Menschen, insbesondere Kinder, keine Ordnung halten. Am besten ist, Sie hören mal in eine oder zwei Geschichten rein." „Sie haben es auf dem Handy?" „Ja!" „Ich bin gespannt!" „Jede Folge beginnt mit dieser kleinen Erkennungsmelodie.

„Schlimpe, schlumpe, Schlamperei,
Schlampimännchen sind dabei, tapp,
tapp, tapp,- tapp, tapp, tapp, kommen
sie in leisem Trab. Tapp, tapp, tapp und
unentdeckt, alles in den Sack gesteckt."
„Kommen Sie mit dem Handy in die
Sitzecke, da können wir es gemeinsam
verfolgen," sagte Herr Boss. Sie setzten
sich nebeneinander auf die Couch und
schauten auf das Handy.
„Diese Geschichte heißt zum Beispiel
„Der lustige Gast aus Afrika." –
„In der U-Bahn sieht ein Neger
Robert Ruß, den Schornsteinfeger.
Er denkt, dass ein schwarzer Mann
nur aus Afrika sein kann
und reicht Robert gleich die Hand:
Grüß dich, Freund aus Heimatland.
Dann bekam der Robert Ruß
auch noch einen Negerkuss,
weil das so in Afrika
Sitte unter Freunden war.
Robert hatte keine Wahl.
Dieser Irrtum war fatal.
Denn bei Robert im Gesicht
hielt die schwarze Farbe nicht.
Weißgefleckt war Robert Ruß

von dem unverhofften Kuss.
Und der Mann aus Afrika
wurde schwarzer als er war.
An dem Flugplatz sprach der Neger
zu Herrn Ruß, dem Schornsteinfeger:
Hier ist meine Endstation,
und gleich geht mein Flugzeug schon
in ein Land, das jeder kennt
auf dem schwarzen Kontinent.
Alle beide stiegen aus;
denn Herr Ruß ist hier zu Haus.
Der Neger hatte ein Paket,
auf dem ein Schild „nicht werfen" steht.
Das schenkte er dem Robert Ruß
und gab ihm einen Abschiedskuss.
Man hört das Dröhnen der Turbine.
Der Neger winkt aus der Maschine,
wobei er „alles Gute!" ruft.
Dann steigt das Flugzeug in die Luft.
Herr Ruß steht da mit dem Paket,
mit dem er nun nach Hause geht.
Vor des Schornsteinfegers Haus
spielt dessen Sohn, der kleine Klaus.
Er sieht den Schornsteinfeger kommen.
Die Beine in die Hand genommen
stürmt er auf seinen Vater zu
und war genauso schwarz im Nu.

Man freut sich sehr, fragt, wie es geht.
Da sieht der Klaus erst das Paket.
Er hat den Vater angelacht:
Hast du mir etwas mitgebracht?
Der Schornsteinfeger, wie ihr wisst,
weiß selbst nicht, was im Päckchen ist.
Der Vater und der kleine Klaus
tragen das Paket ins Haus.
Auch die Mutter steht dabei.
Den Faden schnitt sie schnell entzwei.
Dabei erzählt der Schornsteinfeger
von der U-Bahn und dem Neger.
Vater öffnet das Papier.
Jetzt nur noch den Deckel hier.
Klaus setzt sich auf Vaters Schoß.
Ach, was ist die Neugier groß.
Und die Mutter schreit ganz laut,
als sie in das Päckchen schaut.
Und schon sprang aus dem Paket
Fips, der Affe, wie ihr seht.
Da hielt es der kleine Klaus
auf dem Schoß schon nicht mehr aus.
Und er rief ganz laut: Hurra!
Vielen, vielen Dank Papa!
Munter klettert pö a pö
Fips der Affe in die Höh,
und er nahm mit einem Satz

oben auf der Lampe Platz.
Nur die Mutter war entsetzt,
hat vor Schreck sich hingesetzt.
Fips, der Kapuziner-Affe
greift schnell nach der Glas-Karaffe,
für die Mutter wie bestellt,
dass sie nicht in Ohnmacht fällt.
Klaus und Vater lachten sehr,
wie wohl lange schon nicht mehr.
Fips, bestärkt durch dieses Lachen,
dachte, er soll weitermachen,
warf auch noch den Blumentopf
und traf Mutter fast am Kopf.
Dieses tolle Affenspiel
war dem Vater doch zu viel.
Schluss! rief er mit ernstem Blick,
sonst geht's nach Afrika zurück.
Und der Affe sah ihn an,
wie nur ein Affe sehen kann.
Der Affe wohnte seitdem immer
bei Klaus im kleinen Kinderzimmer.
Hier spielte er mit dessen Sachen
und durfte seine Streiche machen.
Er spielte mit der Eisenbahn
und ließ allein die Züge fahr'n.
Zu gerne wüsst' der Affe gar,
was hinter dieser Scheibe war.

Oft saß er auf dem Fensterbrett,
vor dem die hohe Eiche steht,
und träumte seinen Affentraum
zu klettern in dem Eichenbaum.
Der Kapuziner saß schon lange
ganz still auf der Gardinenstange.
Die Mutter macht das Bett vom Klaus.
Sie dachte nicht an Fips, - oh Graus!
Und weil man auch mal lüften muss,
macht sie das Fenster auf zum Schluss.
Fips hat das alles angesehn,
schon sieht man ihn zum Fenster gehn.
Er atmet tief die frische Luft
und spürt, wie ihn die Freiheit ruft.
Der Eichenbaum ist gar nicht weit,
der Sprung für Fips ne Kleinigkeit.
Der Affe turnt von Ast zu Ast
bis in die höchste Krone fast.
Da geht ja oben auf dem Dach
Herr Ruß auch seiner Arbeit nach.
Er fegt den Schornstein mit dem Besen
und ist schon wieder schwarz gewesen.
Wie freute sich der Affe da,
als er den Schornsteinfeger sah,
der sich gerade umgedreht
und einen Schornstein weitergeht.
Da sah man Fips schon am Kamin

den Besen aus der Öffnung ziehn.
Der Schornsteinfeger war erschrocken,
fast spürte er den Atem stocken,
da warf der Affe schnell und munter
den Besen von dem Dach herunter,
und unten lachten Kinder laut,
die diesem Treiben zugeschaut. –
Jetzt hat der Fips ein Affenhaus
und kann beim Lüften nicht mehr raus.
Ihn mag nun auch die Mutter Ruß
und füttert ihn mit mancher Nuss.
Bald wusste jeder in der Stadt,
dass Klaus den Kapuziner hat.
Man hörte auch im Schlampi-Haus
von Fips dem Affen und von Klaus
und wollte sehn in dieser Nacht,
was da denn wohl die Ordnung macht.
Sie stehn schon alle startbereit,
auch Mister Hut ist gleich soweit.
Das Haus vom Schornsteinfeger Ruß
bereitet selbst dem Chef Verdruss.
Auch Pummelchen weiß keinen Rat,
weil es so viele Fenster hat.
Wo wohnt der Affe und der Klaus?
rief auch der kleine Fröhlich aus.
Hier rumzustehn ist gar nicht gut,
entschloss sich da der Mister Hut.

Verlassen wir uns aufs Gespür
und gehn gleich durch die erste Tür.
Sie folgten alle seinem Rat,
weil keiner einen bess'ren hat.
Sie landeten bei Doktor Platte,
der hier die Zahnarzt-Praxis hatte.
Klein Fröhlich war im Element.
Schon griff er sich ein Instrument,
den Bohrer und die Zahnziehzange.
Das macht auch nur die Menschen
bange.
Auch Steueramtmann Gähneloh
hatte hier sein Amtsbüro.
Da lagen viele Akten rum
von irgendwelchem Publikum,
anstatt sie in den Schrank zu schließen.
Das konnte Pummelchen verdrießen.
So laufen sie durchs ganze Haus,
und endlich finden sie auch Klaus.
Er liegt ganz friedlich da und träumt,
und alles ist schön aufgeräumt.
Tapp, tapp, tapp, ihr kleinen Recken,
nichts gibt's in den Sack zu stecken.
Tapp, tapp, tapp und blitzeschnelle
überschreiten sie die Schwelle.
Fips, der kleine Kapuziner
als ergeb'ner treuer Diener,

beißt dem Chef ins linke Bein.
Und der fängt gleich an zu schrei'n.
Von dem Schrei in stiller Nacht
ist der Vater aufgewacht.
Und der Klaus erzählt ihm dann
seinen Traum vom Schlampimann.
Nur der Fips bleibt stumm und leis',
obwohl er es besser weiß. –
Schlimpe, schlumpe, Schlamperei,
die Geschichte ist vorbei."

Dr. Boss hatte Frau Maske einen Arm um die Schulter gelegt. Ihre Wangen berührten sich, während sie auf das Handy schauten. Dann schauten sie sich an. „Sehr schön!" sagte Herr Boss, und fügte hinzu: „die Kindergeschichten. Sehr schön!" „In dieser Geschichte gab es ja nichts in den Sack zu stecken für die Schlampimännchen," sagte Frau Maske, „das ist nicht in allen Geschichten so." „Aber der Neger muss da raus," sagte Herr Boss. „Ich finde es überflüssig und bedauerlich, aber das müssen wir schon akzeptieren." „Ja, das verstehe ich, obwohl es Literatur ist. Dann müssen wir auch Wilhelm Busch verbieten," sagte Frau Maske. „Dass man auch kein Zigeunerschnitzel mehr bestellen darf, finde ich albern!" „Da bin ich ganz Ihrer Meinung," sagte der Intendant und nahm erst jetzt den Arm von der Schulter von Frau Maske. „Der Afrikaner ist ja auch nur in dieser Geschichte," sagte Frau Maske. „Die Geschichten sind sehr unterschiedlich. Nur die vier Schlampimännchen sind immer dabei." „Das sind ja putzige Kerlchen," sagte Herr Boss, „wir sollten die Geschichten übernehmen. Kümmern Sie sich darum, Frau Maske." „Ja, gerne!" Sie standen auf, gingen zur Tür. Da drehte sich Frau Maske noch einmal um. Sie sahen sich wieder eine Weile an. Dann fragte Frau Maske: „Soll ich wirklich jetzt gehen?" Er nahm sie in den Arm, küsste sie und führte sie wieder zurück zu der Couch.

„Das hätte nicht passieren dürfen!"
sagte Herr Boss. „Dann ist es eben nicht
passiert," sagte Frau Maske, „aber es
war schön!" „Wir müssen das
vergessen," sagte Herr Boss. Frau Maske
lächelte und sagte: „Schlimpe,
schlumpe, Schlamperei, auch die
Geschichte ist leider vorbei….."
„Frau Maske, wir müssen das vergessen!
Das hat nicht stattgefunden. Ich verlasse
mich auf Sie!" „Es hat nicht
stattgefunden," wiederholte Frau
Maske, „es hat leider gar nicht
stattgefunden. Es ist ja nur ein Affe aus
dem Fenster gesprungen."

„Guten Morgen, meine Damen und
Herren. Schön, dass Sie zu dem heutigen
wichtigen Thema vollständig erschienen
sind. Vorher habe ich aber noch ein
anderes Thema zu besprechen. Es
betrifft die Filme und Serien, also Ihre
Redaktion, liebe Frau Maske. Wie ich
aus gegebenem Anlass schon sagte,
halte ich es für selbstverständlich, dass
Sie die Beiträge und deren Inhalte
kennen, bevor sie auf Sendung gehen."
„Selbstverständlich, lieber Herr Boss,"
sagte Frau Maske. „Das gilt natürlich
auch für die Filme und Serien."
„Selbstverständlich." „Was ich Ihnen
jetzt sage, liebe Frau Maske, ist eine
dienstliche Anweisung. Wir werden ab
sofort keinen Film und keine Serie mehr
mit nackten Schauspielern und mit Sex-
oder Bettszenen senden." „Bitte???"
sagte Frau Maske, „das ist unmöglich!
Dann kann ich mehr als die Hälfte aller
Filme streichen." „Nicht streichen, liebe
Frau Maske, sondern durch moralisch
saubere und einwandfreie Filme
ersetzen." „Dann guckt keiner mehr!"
sagte Herr Heute. Und Frau Singsang

sagte: „Bei dem Thema werden alle wach!" „Wird bei Ihnen dabei nichts wach, Frau Singsang?" fragte Herr Heute. Frau Maske sagte: „Bei Frau Singsang ist alles eingetrocknet." „Blöde Kuh!!!" sagte Frau Singsang, „das müssen Sie ausgerechnet sagen, ausgerechnet Sie!!!" „Was heißt, ausgerechnet Sie?" fragte Frau Maske. „Sie sind doch überhaupt nicht dazu in der Lage, echte Gefühle zu entwickeln!" sagte Frau Singsang. „Ich muss doch sehr bitten, meine Damen!" sagte Herr Boss. „Nee, Frau Singsang, zu einer Lesbe entwickele ich auch keine echten Gefühle." „Blöde Kuh!!!" „Trockenpflaume!!!" – „Schluss jetzt!!!" brüllte der Intendant. „Wir sind kein Pornosender!" „Wir sind eine öffentlich-rechtliche Sendeanstalt," sagte Herr Heute ironisch. „Aber in gewisser Weise hat Herr Boss ja recht," sagte Herr Kick. „Was ist dabei, wenn sich zwei Menschen lieben?" fragte Herr Heute, „ich wüsste nicht, was daran unmoralisch sein sollte." „Herr Kollege," sagte Herr Kick, „es sind ja nicht immer nur die zwei jungen Menschen, die sich lieben. Schauen Sie sich die Filme doch mal an. Da schämt man sich ja mit! Die Ehefrau geht fremd, er geht fremd, der Chefarzt vögelt die Krankenschwester und der Chef seine Sekretärin." „Der Chef vögelt doch nicht seine Sekretärin," sagte Frau Maske, „da spring doch nur ein Affe aus dem Fenster." „Was denn für ein Affe?" fragte Herr Kick. Herr Heute lachte und sagte: „Der Affe springt nicht aus dem Fenster, der springt auf seine Sekretärin." „Da sind die Herren ja in ihrem Element," sagte Frau Singsang. „Tja, auf Lesben springt er nun mal nicht," sagte Frau Maske. „Meine Damen und Herren, jetzt ist bitte Schluss mit diesem Gezicke. Das ist ein ernstes Thema," sagte Herr Boss. „Sie können die Zeit doch nicht um hundert Jahre zurückdrehen, Herr Boss," sagte Frau Maske. „Die Gesellschaft ist offener geworden." „Ja, liebe Frau Maske," sagte der Intendant, „und wir gaukeln den jungen Menschen vor, dass es zu einer offenen Gesellschaft gehört, jedem gleich die

Kleider vom Leib zu reißen und mit ihm oder ihr ins Bett zu springen. Wir erzeugen damit bei den jungen Leuten Komplexe und ein Minderwertigkeitsgefühl, wenn sie nicht mit zwölf Jahren den ersten Sex hatten. Diese Offenheit, wie Sie es nennen, liebe Frau Maske, haben wir als Medien zu verantworten. Ist es nicht schön, wenn sich ein junges Mädchen für die Liebe ihres Lebens aufbewahrt? Ist es nicht schön, wenn der erste Kuss noch etwas ganz Besonderes ist? Ja, eine sexuelle Beziehung kann etwas ganz Wunderbares sein. Aber doch nicht als Volkssport, wo jeder jeden vögelt, wenn er nicht bis Drei auf dem Baum ist!!! Wer zeigt den Menschen die Reue, die danach kommt? So eine unbedachte schwache Stunde kann einen Menschen sein Leben lang verfolgen. Wer zeigt das den jungen Menschen?" „Das kann man den jungen Menschen ja nur zeigen, indem man solche Begegnungen sendet," sagte Frau Maske. „Die Unschuld hat noch keinem geschadet, liebe Frau Maske," sagte Herr Boss.

„Vielleicht hätten Sie besser Pastor werden sollen, lieber Herr Boss. Sind Sie eigentlich katholisch? Die predigen ja auch so wie Sie und machen sich angeblich die Nächte auch schon mal mit ihrer Haushälterin ein bisschen lebenswerter. Da springt dann auch der Affe aus dem Fenster." „Nein, ich wäre nicht besser Pastor geworden, Frau Maske. Ich verbitte mir das! Übrigens: Filme mit Schwulen und Lesben kommen ab sofort bitte auch bei uns nicht mehr ins Programm." „Was haben Sie denn gegen Schwule und Lesben?" fragte Frau Singsang. „Ich habe gar nichts gegen die. Aber das ist für mich kein Grund, diese Lebensform zu verherrlichen und einer Lobby zu dienen, der ich nicht dienen möchte." „Wir haben Sie verstanden, lieber Herr Boss," sagte Frau Maske, „wir zeigen in Zukunft nur noch, wie die Bienen die Blüten am Apfelbaum bestäuben und entschuldigen uns dann bei den Zuschauerinnen und Zuschauern für diesen sexistischen Beitrag." „Sie sind unsachlich, Frau Maske!" „Das ist überhaupt die Idee," sagte Herr Heute, „die Darsteller könnten ja in Zukunft ihre Filmpartnerinnen bestäuben anstatt sie zu besteigen, dann brauchen sie sich ja auch nicht mehr auszuziehen." „Meine Damen und Herren, bevor das Thema jetzt noch mehr entgleist, fasse ich nur noch einmal zusammen: In unserem Sender wird ab sofort keine Sexszene mehr gezeigt und keine Handlung mit Schwulen und Lesben. Dies ist eine Anordnung, der uneingeschränkt Folge zu leisten ist. Bevor darüber noch weiter diskutiert wird…." „springt der Affe aus dem Fenster," ergänzte Frau Maske den Satz. Und der Intendant begann neu: „Bevor darüber noch weiter diskutiert wird, kommen wir jetzt zum Hauptthema des heutigen Tages.

Meine Damen und Herren, ich lese
Ihnen zunächst eine Geschichte vor und
bitte um Ihre Aufmerksamkeit.

Virus D – Der Dummschwätzer-Virus

Die Geschichte mit dem Virus D wollte
ich eigentlich gar keinem erzählen. Ich
hatte mir auch fest vorgenommen, nie
darüber zu schreiben. Aber wir haben in
dieser Gesellschaft gewisse Grundwerte,
und wir dürfen es nicht zulassen, dass diese
Grundwerte unwiederbringlich und
gedankenlos zerstört werden und in
Vergessenheit geraten. Zu diesen
Grundwerten, die es zu erhalten gilt, zählt
auch unsere Sprache. Nicht umsonst spricht
man von einem Sprachschatz.

Und dieser Sprachschatz ist in Gefahr, in
ganz akuter Gefahr! Was wir uns heute
teilweise anhören müssen und für die
deutsche Sprache halten sollen, das grenzt
an Körperverletzung.

Deshalb erzähle ich Ihnen die Geschichte.

Das war nämlich damals so. Als der Meister aller Viren die Aufgaben alle verteilt hatte, da wusste jeder, was er zu tun hatte. Der Grippevirus, der Masernvirus, der Rötelnvirus, der Windpockenvirus und noch viele andere mehr, sie alle rückten aus und machten sich an die Arbeit. Und als sie alle gegangen waren, da entdeckte der Meister aller Viren noch zwei kleine Viren, die ganz geduckt auf einer Bank in der Ecke kauerten. „Wer seid ihr denn noch?" fragte der Meister aller Viren. Und einer von ihnen sagte: „Wir sind Darius und Dangus". „Und warum habt ihr euch nicht gemeldet, als es darum ging, wichtige Aufgaben für eine ansteckende Krankheit zu übernehmen?" fragte der Meister aller Viren. Aber die beiden stellten sich taub und stumm und gaben keine Antwort. „Na gut," sagte der Meister aller Viren, „wie ihr wollt. Aha, Darius und Dangus heißt ihr also. Dann werde ich mir mal eine wunderbare Aufgabe für euch ausdenken. Ihr wisst sicher, was eine Kuh ist." Natürlich wussten Darius und Dangus, was eine Kuh ist. „Darius und Dangus, ihr werdet als Virus D fortan im Darm der Kuh euren Arbeitsplatz haben und dafür sorgen, dass jede Kuh im Stall und auf der Weide einen dauerhaften Durchfall haben wird. Habt ihr das verstanden?" „Scheißjob," murmelte Darius, und Dangus ergänzte: „Im wahrsten Sinne des Wortes."

„Dann macht euch an die Arbeit!" sagte der Meister aller Viren. – Und da Viren ihre Arbeit gründlich machen, ist die Kuh seitdem auf der ganzen Welt das Tier, das ständig Durchfall hat. Das hat sie dem Virus D zu verdanken.

Aber hier ist die Geschichte vom Virus D leider noch lange nicht zu Ende. Denn Darius und Dangus langweilten sich im Laufe der Zeit und fanden ihre Arbeit eintönig und dumm. „Man müsste noch etwas anderes tun," sagte deshalb Dangus eines Tages, und sie zerbrachen sich den Kopf, was das wohl sein könnte. „Wir müssen uns was bei den Menschen ausdenken," sagte Darius. Dangus schüttelte den Kopf. „Dafür sind die anderen Viren da." „Ja," sagte Darius, „wir müssen etwas tun, was die anderen Viren nicht tun." „Dafür sind wir nicht zuständig," sagte Dangus. Da ging ein breites Grinsen über das Gesicht von Darius. „Und wenn doch?" fragte er. „Was, wenn doch!?" „Und wenn wir doch zuständig sind? Wir müssen unsere Aufgabe gewissermaßen auf die Menschen ausdehnen." „Du willst den Menschen Durchfall.....!? Im Übrigen gibt es das schon," unterbrach sich Dangus selbst. „Das gibt es schon," sagte Darius, „darum müssen wir es anders machen, ganz anders. Und ich hab da auch schon eine Idee."

Und Darius erzählte von seiner Idee, die Sprache der Menschen zu verändern. „So, wie wir der Kuh den Durchfall machen, so müssen wir die Sprache der Menschen verändern."

Und die beiden lachten und schlugen sich auf die Schenkel vor Freude über ihren genialen Einfall. „Halt", sagte Dangus, „und wie willst du das machen?" „Sag das noch mal!" sagte Darius. „Was? Ich habe dich gefragt, wie du das machen willst." „Du hast gesagt: ,*Halt'*. − ,*Halt'* hast du gesagt. Das ist es! Warum nicht ‚*halt*'? Warum eigentlich nicht ‚*halt*'? Die Menschen werden ‚*halt*' sagen, ob sie wollen oder nicht. ‚*halt, halt, halt, halt, halt, halt'.* Immer ‚*halt*'!" Das konnte Dangus sich beim besten Willen nicht vorstellen. „Warum sollten sie das tun? Warum sollten die Menschen ‚*halt*' sagen?" „Weil wir es so wollen," sagte Darius. „Sind wir nun Viren oder sind wir keine Viren? – Na also! – An die Arbeit!" Dangus konnte es sich noch nicht vorstellen, dass dieser Plan irgendwie funktionieren könnte.

Aber bei den Kühen hat es ja auch funktioniert. Konnte man es sich da vorstellen? „Wie fangen wir es an?" fragte Darius entschlossen. „Siehst du dort die blonde Friseuse?" „Muss es eine blonde Friseuse sein?" „Das ist doch jetzt egal!" sagte Darius ungehalten, „was wird die Kundin gleich sagen, wenn sie hereinkommt?" „Sie wird fragen: ‚*Kann ich morgen zum Schneiden und Legen kommen?*'" sagte Dangus. „Genau, das wird sie fragen. Und was wird die Friseuse dann antworten?" „Sie wird antworten: *,Kommen sie morgen um zehn.'*" „So ist es geplant," sagte Darius, „aber sie wird nicht antworten: *,Kommen sie morgen um zehn'.* Sie wird antworten: *,Kommen sie halt morgen um zehn'.*" Dangus fing an zu lachen. Er kriegte sich gar nicht mehr ein vor Lachen. Er verschluckte sich fast vor Lachen. „Und das funktioniert?" „Sind wir Viren oder sind wir keine Viren? Sind wir Virus D oder sind wir es nicht?" sagte Darius. „Es geht los!" *,Kann ich morgen zum Schneiden und Legen kommen?'* fragte die Kundin. *,Kommen sie halt morgen um zehn'* antwortete die blonde Friseuse, und zwei kleine Viren kugelten lachend die Kuhwiese hinunter, bis sie unten von dem Elektrozaun gestoppt wurden. „Das ist genial!" brüllte Dangus. „Das war erst der Anfang," sagte Darius.

Und es war zu der Zeit noch unvorstellbar, dass es außer der blonden Friseuse noch jemanden gab, der bereitwillig an einer Stelle *,halt'* sagte, wo noch nie ein Halt gestanden hat. „Es ist übrigens keine

116

Friseuse," sagte Dangus, „es ist eine Friseurin. So heißt das heute." „Dann lassen wir doch die alte Dame da im Salon mal die Friseurin fragen, warum man jetzt Friseurin sagt. Was will die Friseurin dann sagen? *‚Das heißt jetzt so.´* Also los, alte Dame." - *‚Warum sagt man jetzt Friseurin?´* - Blonde Friseurin: *‚Das heißt jetzt halt so.´* Und wieder schlugen sich zwei kleine Viren auf die Schenkel und feierten ihren Erfolg. Die beiden bekamen immer mehr Freude an ihrer neuen Nebentätigkeit. „*Halt* am Anfang, *halt* am Ende. *Halt* was Neues. Was Neues *halt*".- „Eine schwierige Aufgabe. Er nennt sich Sportchef einer Zeitung. Was will er denn sagen?" *„Die müssen eben wissen, dass sie gefragt werden".* Er setzt das wichtigste Gesicht auf, das ein Sportchef zu bieten hat und sagt*: „Die müssen halt eben wissen, dass sie halt gefragt werden."* „Hervorragend!" rief Dangus begeistert. „Da, die Zahnarzthelferin! Sie will gerade einem Jungen erklären, wie man sich richtig die Zähne putzt. *‚Und immer von oben nach unten putzen. Nie von links nach rechts oder von rechts nach links. Und die*

117

Zwischenräume zwischen den Zähnen nicht vergessen. Da setzen sich die Speisereste besonders gerne ab.' So will sie es jetzt dem Jungen erklären, stimmt's?" „Stimmt!" „Und jetzt erklärt sie es ihm: ,*Und halt immer von oben nach unten putzen. Halt nie von links nach rechts oder halt von rechts nach links. Und halt die Zwischenräume nicht vergessen. Da setzen sich halt die Speisereste besonders gerne ab.'*" Und schon wieder hatten Darius und Dangus ein großes Erfolgserlebnis und Grund zum Jubeln. „Ja, so macht es Spaß. Das waren schon fünf *Halt* auf einmal," jubelte Darius, „wollen wir es mit dem Zahnarzt versuchen?" „Sie wird ihm sagen: ,*Ich wollte morgen früh das Auto in die Werkstatt bringen*'. Und er will antworten: ,*Dann kommen sie etwas später zur Praxis*'" ,*Ich wollte morgen früh das Auto in die Werkstatt bringen,'* sagte die Zahnarzthelferin. ,*Dann kommen sie halt etwas später zur Praxis'*, erwiderte der Zahnarzt, und zwei kleine Viren hüpften vor Freude, wie munter sich Virus D ausbreitete. Bald hörte man es beim

Gemüsehändler, im Schulbus und bei der häuslichen Krankenpflege. Virus D war gar nicht mehr aufzuhalten. Aber Darius und Dangus ging das alles nicht schnell genug. „Es dauert zu lange," sagte Darius, „wir haben erst ein paar Tausend von achtzig Millionen." „Ja," pflichtete Dangus bei, „das schaffen wir nie."

„Natürlich schaffen wir das," sagte Darius, „wir müssen nur die Methode ändern." „Und wie willst du das machen?" „Wozu haben wir die Medien? Wenn die etwas von einer neuen Hautcreme erzählen, die Wunder wirken soll, dann wissen es am nächsten Tag Millionen Frauen, und alle wollen die wundersame Hautcreme haben. ‚*Weil sie es sich wert sind*', hat man ihnen gesagt." „Mag schon sein," sagte Dangus, „aber du wirst ihnen kaum klarmachen können, dass sie *halt* sagen müssen, weil sie es sich wert sind." „Nein, das brauchen wir auch gar nicht," sagte Darius. „Es genügt, wenn sie es im Fernsehen hören. Immer wieder und immer wieder. Machen wir den Versuch mit einem Interview. Was will der

Reporter von dem Fahrer des Krankenwagens wissen?" „Warum sie so schnell an der Unfallstelle waren."

„Genau. Und was sagt der Fahrer?" „Der Fahrer sagt: ‚Wir haben einen Anruf bekommen und sind sofort losgefahren'." „So. Es geht los. Kamera läuft. Reporter zum Krankenwagenfahrer. ‚Wie kommt es, dass sie so schnell an der Unfallstelle waren?' Krankenwagenfahrer: ‚Wir haben halt einen Anruf bekommen und sind halt sofort losgefahren.' Geschätzte Einschaltquote? Sagen wir drei Millionen Zuschauer saßen vor den Fernsehgeräten und hörten, dass der Krankenwagenfahrer *halt* einen Anruf bekommen hat und *halt* sofort losgefahren ist. So, und wenn diese drei Millionen Zuschauer jetzt einen Anruf bekommen und losfahren, dann haben sie *halt* einen Anruf bekommen und sind *halt* losgefahren. Verstehst du, Dangus?" Dangus lachte. „So schaffen wir es." „Wir werden uns ab sofort um jeden kümmern, der für eine Sendung und Verbreitung interviewt wird. Da die Frau zum Beispiel, hör ihr zu." „Ich habe nichts gespürt, es war so…" „Stopp!" sagte Darius. „Noch einmal bitte." „Ich habe nichts gespürt, es war halt so…". „Es geht doch! – Da der Mann!"

„Wir haben versucht…" „Stopp! Noch einmal." „Wir haben halt versucht…" „Siehst du, Dangus, so funktioniert es. Und dann kommen natürlich die Millionen Zuschauer, die das sehen und hören." „Und?" „Und sich bei denen infizieren! Guck mal, der da zum Beispiel, vor dem Mikrophon. Der spricht gerade seine Andacht für den Rundfunk." „Ein Pastor?" sagte Dangus, „der hält jeden Sonntag eine Rede, bei dem funktioniert es nicht." „Ha ha," sagte Darius, „und du meinst, ein Pastor hat noch nie in seinem Leben eine Influenza gehabt?" „Eine Grippe, das ist doch ganz was anderes. – Ach so, du meinst, wenn ein Virus funktioniert, dann funktioniert auch der andere Virus." „Dann funktionieren alle Viren!" sagte Darius. „Pass auf. ‚Es ist so´, hat er in seinem Text, ‚Gott erwartet nicht viel. Mensch sein.' So, Herr Pastor, dann kommen wir mal zu ihrem Virus D. Und jetzt hör ihm gut zu, Dangus.

Was das Mikrophon registrierte, wurde aufgezeichnet und gesendet, und das hörte sich so an: *‚Es ist halt so. Gott erwartet halt nicht viel. Mensch sein halt.‘* - Moment mal, da gibt gerade ein Pferdetrainer ein Interview. Sein Galopper ist Zweiter geworden. *‚Wir sind auch mit dem zweiten Platz zufrieden‘*, hat er gesagt, *‚so ist der Rennsport‘*, will er hinzufügen. Das ändern wir. Hörst du, was er sagt? *‚So ist halt der Rennsport‘*".– „ Hervorragend!" sagte Dangus. „Unser Virus nimmt Fahrt auf".
„Das ist schon lustig. Passt gar nicht so zu einem Rennpferd, dass es immer halt macht. Darum gewinnt es auch nicht, hat zu früh halt gemacht, hätte noch ein Stück laufen sollen." „Das ist auch gut," sagte Darius, „die interviewen gerade eine alleinerziehende Mutter, wie es denn mit 17 Jahren schon dazu kommen konnte. Hör mal, was sie sagen will. *‚Es war nach einer Feier. Es war Sommer, und es war spät. Wir hatten was getrunken. Er war so lieb. Und da ist es dann passiert.‘* Und jetzt helfen wir ihr mal. Was meinst du, Dangus? Hör mal, wie das jetzt klingt: *‚Es war nach einer Feier*

halt. Es war halt Sommer und es war halt spät. Wir hatten halt was getrunken. Er war halt so lieb, und da ist es halt passiert.' Da ist es *halt* passiert? „Nee, Mädchen, da ist es nicht *halt* passiert. Du hast bums gemacht, und nicht ,*da ist es halt passiert*´. **Da** hättest du *halt* sagen müssen. *Halt! Bis hier und nicht weiter* hättest du sagen müssen." „Genial!" sagte Dangus, und die beiden schlugen sich auf die Schenkel. „Wie oft war das? Es war *halt* Sommer, und es war *halt* spät. Wir hatten *halt* was getrunken. Er war *halt* so lieb, und da ist es *halt* passiert. Fünfmal *halt*. Hervorragend. Sie hätte einmal mehr *halt* sagen sollen, dann wäre nichts passiert." „Ja," gluckste Dangus, „als er ihr an die Wäsche wollte, da hätte sie halt sagen sollen." „Dann wär es *halt* nicht passiert," sagte Darius, und sie schüttelten sich vor Lachen. „Da", sagte Dangus, „sie interviewen den Tierarzt im Zoo für eine Tiersendung. Es funktioniert gerade so gut."

„Was will die Reporterin ihn fragen?" „Warum dort ein Fuchs im

Braunbärengehege ist," antwortete Dangus. „Und die Antwort?" „Wir wollen, dass sich die Bären bewegen, damit sie nicht zu bequem werden." sagte Dangus. „Na gut, Herr Veterinär. Wie ist ihr Satz? Wir wollen, dass die sich bewegen, damit sie nicht zu bequem werden. Das machen wir jetzt mal mit dreimal eben halt." Und als die Reporterin gefragt hatte, warum der Fuchs dort im Braunbärengehege ist, sagte der Tierarzt: ‚*Wir wollen eben halt, dass die sich eben halt bewegen, damit sie eben halt nicht zu bequem werden.*' „Jetzt wünschen wir euch eine hohe Einschaltquote," sagte Darius. „Gleich noch mal. Da wird eine Frau interviewt, die gerade eine neue Gaststätte eröffnet hat. ‚*Wir bieten den Gästen einen besonderen Service*', will sie sagen, ‚*und haben alles umgebaut, damit es heutigen Ansprüchen gerecht wird.*' Bitte sehr, Frau Wirtin, da ist das Mikrophon." ‚*Wir bieten den Gästen eben halt einen besonderen Service und haben eben halt alles umgebaut, damit es eben halt heutigen Ansprüchen gerecht wird*', sagte die Wirtin und lächelte stolz in die Kamera. „Weiter,

weiter, weiter!" sagte Dangus und war ganz aus dem Häuschen, wie sich der Virus D verbreitete.

„Guck mal da, der Trainer von der Fußballmannschaft. Was will er sagen?" ‚*Wir haben einige Ausfälle, da muss man improvisieren, der Gegner hat die besseren Spieler*`, wollte er sagen,

und das klang dann so: ‚*Wir haben halt einige Ausfälle, da muss man halt improvisieren, der Gegner hat halt die besseren Spieler*.' „Ja, genau," lachte Darius, „da musst du *halt* halt sagen, weil du *halt* den Virus in dir hast, deine Ausfälle sind *halt* Sprachausfälle *eben halt*." Und die beiden hatten wieder ihren Spaß. „Guck mal, Dangus, der Herr Schriftsteller. Er ist in Eile, muss bis morgen die nächsten Folgen für seine Serie abliefern. Was hat er denn da gerade für Dialoge in Arbeit? – „*Wo bleibt mein Tee*?" hat er gerade geschrieben, antwortete Dangus." „Und nun kommt die Antwort," sagte Darius, „*hol ihn dir selber*'". „Selber? Muss es nicht heißen ‚hol ihn dir selbst?" „ *Hol ihn dir selber* will er schreiben!" sagte Darius, „und nun pass auf, jetzt tippt er. Na los, Herr Schriftsteller, träumen Sie vom Nobelpreis." Und dann tippte er ‚*Hol ihn dir halt selber*'. „Halt selber! Halt selber!" jubelte Darius, „der Herr Schriftsteller tippt ‚*Hol ihn dir halt selber*.' Was sagst du dazu, Dangus? – Pass auf, nächste Szene. Er klopft an die Tür. Sie sagt: ‚*Wahrscheinlich hat er seinen Kopfhörer auf. Geh einfach rein.*' Und jetzt, Herr Schriftsteller, ‚geh einfach rein´ mit Virus D! Und der Schriftsteller setzt seinen Dialog fort: ‚*Geh halt einfach rein.*' „Nobelpreis! Nobelpreis!" jubelt Darius, und auch Dangus hüpfte vor Freude und rief: „Nobelpreis! Nobelpreis! Der Herr Schriftsteller hat den Virus, den Virus, den Virus!" „Die haben ganz schöne Einschaltquoten bei diesen Serien," sagte Darius, „das werden nicht die Letzten sein, die sagen werden ‚*hol ihn dir halt selber*' und ‚*geh halt einfach rein*'". „Das ist *halt* so," sagte Dangus lachend, „ein Virus ist *halt* ansteckend." „Jawohl, da gibt es *halt* kein Halt *halt*. So ist das *eben halt*."

Die beiden nahmen sich in den Arm, tanzten und sangen: „So ist das eben halt, so ist das eben halt, so ist das eben halt, so ist das eben halt…" „Es funktioniert wie ein Flächenbrand. Siehst du dort unseren Freund, den Rennbahnkommentator? Jetzt greift er zum Mikrofon. *Ein Pferd wurde reiterlos*', sagt er, *da müssen wir halt warten, bis es wieder eingefangen ist*. Der öffentliche Nahverkehr streikte. Clara sagte: „Dann laufe ich halt zur Schule." Dann kommt sie sicher zu spät, wenn sie Halt läuft. Haltlaufen dauert nämlich sehr lange!

Nutzen sie halt die Pause, liebe Gäste, und trinken sie sich eben halt eine Tasse Kaffee.' Es geht bei ihm ganz von alleine." – „Infiziert ist infiziert! Guck, die Frau hat gerade die Serie aus dem Zoo gesehen, darin gab es nicht mehr und nicht weniger als siebenunddreißig Mal *halt*'. Und jetzt kommt ihr Mann von der Arbeit und fragt: *Hast du das Essen noch nicht fertig?*' Und sie antwortet: *Du hast halt nicht angerufen, da hab ich halt gedacht, du kommst halt später.*' So muss es funktionieren, Dangus, wie bei einer Grippe. Einer steckt den anderen an. Sie plappern es alle nach. *,Da hab ich halt, da bin ich halt, ich dachte halt, mal eben halt...'"* „Es funktioniert", sagte Dangus. „Es funktioniert *halt*", antwortete Darius lachend. „Wer hätte auch daran gezweifelt!?" „Ich habe daran gezweifelt," sagte Dangus, „ich konnte es mir nicht vorstellen, dass sie alle in so kurzer Zeit so dumm schwätzen und alles nachplappern."

„Das ist der Dummschwätzervirus," sagte Darius lachend, „wir sind *der Dummschwätzervirus.*"

„Darius, was ist eigentlich unser Ziel?" „Unser Ziel ist das, was uns unser Meister aufgetragen hat. Unser Meister hat uns aufgetragen, uns um die Kühe zu kümmern, das ist und bleibt unser Ziel, wir werden es nur auf die Menschen und deren Sprache ausdehnen. So, wie wir es begonnen haben. Und es wird so werden, wie es bei den Kühen heute schon ist. Wir sind auf einem guten Weg, Dangus. Die menschliche Sprache wird so sein, wie der Durchfall der Kühe. Es wird nur so aus ihnen

rausblubbern." „Wie grünlicher Durchfall?"
fragte Dangus ungläubig. „Wie grünlicher
Durchfall!" bekräftigte Darius. Wir brauchen
noch ein bisschen Zeit. Glaub es mir,
Dangus, wir sind auf einem guten Weg. In
dieser Stufe müssen wir uns weiter
ausbreiten. Dann werden wir die Geräusche
verändern. Sie werden Darmgeräusche
ausstoßen. Ich hab da schon einen
konkreten Plan. Aus dem ‚Halt‘ und dem
‚Eben Halt" machen wir ein ‚Rülps Pups‘."
„Warum sollte das ein Mensch sagen?"
„Warum sagen sie ‚halt´? Warum husten
sie, wenn sie den Grippe-Virus haben? Das
geht nicht von heute auf morgen. Aber
eines Tages wird es den Menschen so
selbstverständlich sein, wie heute ihr ‚Halt‘
und ihr ‚Eben Halt‘. Noch vor ein paar
Jahren haben sie gesagt: ‚Geh einfach rein‘.
Heute sagen sie: ‚Geh eben halt einfach
rein‘. Und mit der gleichen
Selbstverständlichkeit werden sie in ein
paar Jahren sagen: ‚Geh rülps pups einfach
rein‘. Und bei jedem ‚Rülps Pups´ werden
sie sich blubbernd übergeben. Wir sind auf
einem guten Weg, Dangus!" „Übertreibst du

nicht ein wenig?" fragte Dangus. „Hör dir den adligen Reporter an, wenn er spricht und gleichzeitig lacht. Hörst du, wie er gluckert? Hörst du diesen Brechreiz in seiner Stimme? Den haben wir doch bald so weit. Verlass dich drauf, Dangus, wir sind auf einem guten Weg. Machen wir weiter!"

„Wie wäre es mit einer dieser Gerichtsserien?" fragte Dangus. „Keine schlechte Idee. Und die Kochshows. Eine Krankenhausserie, eine Telenovela, ein Krimi, Sportübertragungen. Wir müssen zunächst die Sendungen infizieren, in denen die Leute frei vor der Kamera reden. Ein Schauspieler spricht seine Rolle, dafür müssten wir die Schriftsteller heimsuchen."

„Es hat doch bei einem schon geklappt."

„Ja, die kommen ja auch noch an die Reihe, aber zunächst brauchen wir die leichteren Fälle, um den Virus im ganzen Land zu verbreiten. Die zufällig ins Fernsehen geraten sind, denen man unverhofft ein Mikrofon vor den Mund hält. Dreimal ‚halt' in jedem Satz, viermal, fünfmal, zehnmal ‚halt', und die Reporter nicht zu vergessen!"

Darius und Dangus waren sich schnell einig, und es ist erstaunlich, wie einfach es war, Millionen von Menschen mit diesem Virus D zu infizieren, die noch vor ein paar Jahren ein ganz passables Deutsch gesprochen haben. Wenn man darauf achtet, hört man schon kaum noch ein Gespräch ohne diesen Virus und ohne ein „Halt". *„Man spricht halt so.* Es ist unfassbar, wie das in der deutschen Sprache die Runde machte. Wie konnte sich dieser Virus so ausbreiten? „Wir kriegen sie alle!" − „Ja, wir kriegen sie alle!"

„Das ist maßlos übertrieben," sagte Herr Heute.

„Lassen Sie mich zu Ende lesen," sagte der Intendant, „der Autor der Geschichte hat sich offensichtlich viel Mühe damit gemacht, seinen Dummschwätzervirus im Fernsehen aufzuspüren. Er schreibt weiter:

Das Fernsehen hat sich längst zum Gehilfen von Darius und Dangus gemacht. „Ich studiere Literaturwissenschaften," sagt die Kandidatin, „da muss man sich halt einschränken." Sie krönt das dann damit, dass Sie im 7. Semester ist und scheitert an der Frage, was ein Genitiv ist. Ich sage es mal zynisch: Präservativ hätte sie wahrscheinlich gewusst, aber Genitiv? Wozu braucht man das und wer trägt denn so was? Wenn man aus jedem Satz das „halt" streichen würde, wären unsere deutschen Kabarettsendungen sehr sehenswert. Aber wenn man den Ton abstellt, ist der Unterhaltungswert auch gering.

Er stellte sich im Fernsehen als arbeitsloser Lehrer vor: „Das ist halt schwierig…", sagte er. Sollen wir ihn wegen seiner Arbeitslosigkeit bedauern? Lehrer, die unseren Kindern „halt" beibringen, brauchen wir ja auch nicht. Die schreibende Zunft, vermutlich als Experte, zu Gast in der Sportredaktion eines Fernsehsenders: Auch er schafft keine zwei Sätze ohne „halt". Und genau das sind die Mikrofontäter, die den Virus so rasant verbreiten. Wenn die Regierung nach neuen Steuereinnahmen sucht, sollte man eine „Halt-Abgabe" einführen. Ein Cent pro Dummschwätzer-

Virus „halt" reicht aus, den Staatshaushalt auszugleichen und zu sanieren. Früher haben wir als Mission kulturelle und religiöse Werte in die Welt getragen. Heute sind wir anscheinend ein Garant für dummes Geschwätz. Die deutsche Dame in Kenia sagte in einer Fernsehsendung: „Wenn ich Heimweh hab halt Sehnsucht nach zu Haus." Fällt das schon keinem mehr auf? „Heimweh hab halt Sehnsucht…", was für ein Deutsch! Und auf diesem Niveau ging der Beitrag weiter, jeder hat halt, ist halt, kann halt. Warum sagt ihnen das niemand? Es gibt doch noch Menschen, für die unsere Sprache mehr ist als eine Ausscheidung. Ich schäme mich für diese Missionare. Warum schämen sich die Medienverantwortlichen nicht, diesen Virus D so zu verbreiten? Wenn der junge Ehemann, der das Zimmermädchen des Hotels geschwängert hat, in einem Film vor bayerischer Bergkulisse hinter seiner Frau her den Berg hinunter radelt und zum zehnten Mal hintereinander ruft: „Warte halt, nicht so schnell halt", stellt man sich als Zuschauer schon die Frage, ob man da keinen Anspruch auf Schmerzensgeld geltend machen kann.

Ein deutscher Fußballtrainer wurde gelobt, wie gut er die türkische Sprache beherrscht, und wenige Minuten später sagte besagter Trainer: „Ein Spiel was eben halt…" Die deutsche Sprache beherrscht er hörbar nicht so gut. Der junge Doktor der Medizin nahm an einem Quiz teil. Bevor die Fragen begannen, hatte er in den ersten beiden Sätzen dreimal „halt" gesagt. Darius und Dangus haben auch vor dem Adelstitel nicht haltgemacht, - oder eben doch „halt" gemacht. Der erste Satz, den man von dem Journalisten hörte: „Eben halt…".– „Wir haben sie doch schon fast alle," resümiert Darius vermutlich. Er nennt sich Medienexperte. „Das war immer schon so," möchte er sagen. Warum sagt er: „Das war halt immer schon so"? Ein Beispiel von vielen: Der Mann hat Abitur, abgebrochenes Studium, und wird als Tierpfleger interviewt. In drei Minuten Sendezeit vierundzwanzig Mal „halt eben", und so geht es auch über den Sender. Der

Mann kann nichts dafür. Warum ist weit und breit niemand, der ihm sagen kann, wie abscheulich sich so etwas anhört und wie wenig das mit einer gepflegten deutschen Sprache zu tun hat? Gibt es auch bei den Sendeanstalten keinen mehr, der das besser kann?

Es klingt so absurd und unvorstellbar, dass Millionen Menschen es sich angewöhnen, gedankenlos und pausenlos „halt" zu sagen. Aber es ist so! Bei dem Manager einer Fußballmannschaft fiel auf, dass er besonders häufig zweimal „halt" in einem Halbsatz sagt, „die Spieler sind halt eben halt…" oder „wir überlegen halt ob halt…", dreißigmal „halt" in einer kurzen Pressekonferenz! Das wäre mal eine Aufgabe für ein Forschungsinstitut, herauszufinden, wie viel Millionen Deutsche inzwischen an dem Virus D leiden. Es wird nachgeplappert, als wäre ein Wettbewerb für Dummschwätzer ausgeschrieben worden. Auch wenn die deutsche Sprache und somit auch diese Angewohnheit mit dem Status und der Schulbildung der

Menschen zu korrespondieren scheint, treffen wir das „Halt" bereits in allen Schichten der Gesellschaft an. Der sehr sprachgewandte Moderator einer beliebten Fernsehsendung sagt „halt", Kommentatoren aus allen Bereichen sagen „halt", der Geistliche in seiner Predigt, der Kirchenkritiker, Frau Doktor und Herr Doktor, Kabarettisten und Studenten. Ein älterer Herr sagt „eben halt". Wer hat ihn infiziert? Während seiner Schulzeit hat niemand so gesprochen. In einer Rechtssendung im Fernsehen wetteifern zwei Juristen, wer in einem einzigen Satz die meisten „Halt" verwenden kann.

Ein Kabarettist hat in seinem neuesten Programm kaum weniger als neunundneunzigmal „halt" gesagt. Prominente, die nie auf die absurde Idee gekommen wären, in ihren Sätzen „halt" zu sagen, sprechen in einem Interview kaum noch einen Satz ohne „halt". Wer ist dafür verantwortlich und hat diese Unsitte so verbreitet? Es gibt inzwischen unzählige Menschen um uns herum, die dermaßen davon infiziert sind, dass sie nicht mehr in der Lage sind, auch nur einen einzigen Satz ohne „halt" zu sagen. Zweimal „halt" pro Satz ist überhaupt keine Seltenheit mehr. Die kleinen Viren Darius und Dangus haben das schon richtig erkannt, dass man für eine rasante Verbreitung dieser dummen Redensarten die Medien braucht. „Giraffen sind halt nicht so intelligent halt wie wir Menschen halt," sagte ein Pfleger in einer Zoosendung. Ist das so? Das Problem ist, dass diese Menschen, die in einer Serie zu Wort kommen, sich besonders gut und gewählt ausdrücken wollen und tatsächlich zu glauben scheinen, wer oft „halt" sagt, der wirkt besonders interessant. Wenn man sich so eine Serie aus dem Zoo anhört, wird einem sehr schnell bewusst, dass es dort mehr „Halt" gibt als Tiere. Der Pfleger kann nichts dafür. Ihm sagt niemand, dass er nicht in jedem Satz „halt" sagen soll. Interessant ist, wie schnell man sich infizieren kann, auch bei seinen Mitarbeitern. Der Zoodirektor als Experte im Fernsehen hat auch nicht mehr viele Sätze ohne „halt" im Repertoire. „Ich mach das halt gerne," sagt das Kind im Vorschulalter. Kurze Zeit später kommt die Dame zu Wort, die sich Erzieherin nennt: „Da muss man halt drauf achten". Wie sollen wir jemals von diesem Dummschwätzervirus wieder befreit werden, wenn den Kindern derartig unfähige Sprachvorbilder vorgesetzt werden? Man wundert sich kaum noch, dass in der gleichen Sendung auch die Mutter des Kindes zu Wort kam und sagte: „Sie möchte das halt." Armes Kind! Nicht nur ein paar Landsleute aus Berlin haben sich eine völlig neue Wortschöpfung ausgedacht. Bei ihnen führt der Virus D zu „halt ebent". Dass es kein Wort „ebent" gibt, hat ihnen noch niemand gesagt. Bei der Realschullehrerin konnte man achtmal „halt" in knapp zwei Minuten zählen. Sie hätte es wohl besser für sich behalten, welchen Beruf sie hat. Arme Schüler! Bevor man es einem Lehreranwärter erlaubt, sich vor eine Schulklasse zu stellen, sollte man sich zehn Minuten mit ihm unterhalten. Länger halten es diese infizierten Menschen ohne ihr „Halt" nicht aus. Das wäre im deutschen Bildungswesen ein erster Schritt in die richtige Richtung, der nichts kostet. Wer darauf nicht verzichten kann, hat im Schulwesen nichts zu suchen. Da wird uns stolz berichtet, dass ein Grundschullehrer im Beamtenverhältnis ist und in der Besoldungsgruppe A 12 ein Monatsgehalt von über 3.700 Euro bezieht. Könnte man dafür nicht ausreichende Deutschkenntnisse verlangen? Unsere Jugend hat einen Anspruch darauf, von Leuten unterrichtet zu werden, die unsere Sprache beherrschen. Daran ist auch nichts übertrieben. Oder lassen Sie sich vom Anstreicher den Blinddarm herausnehmen, nur weil er einen weißen Kittel anhat? Wer unsere Schüler unterrichtet, der muss den Nachweis erbringen, ein einwandfreies Deutsch sprechen zu können. Das ist ja wohl nicht zu viel verlangt! Die Dame in der Ziehung der Lottozahlen hat ja nicht viel Spielraum für frei gesprochene Sätze. Aber den Virus D „halt" stellt auch sie unter Beweis, wie ich gehört habe. Als wenn es inzwischen zum guten Ton gehören würde, dieses völlig sinnlose Wort an ebenso sinnlosen Stellen einzufügen. „Welche Fächer unterrichten Sie?" wird der Lehrer in einer Quizsendung gefragt. „Deutsch und Geschichte", sagt er stolz. Aber ausgerechnet die Geschichtsfrage beantwortet er falsch. Nach dem Versagen in seinem ersten Hauptfach zeigt er auch seine eklatanten Defizite in Deutsch und kommt schon in seinem ersten Satz nicht ohne „halt" aus. Arme Eltern, deren Kinder da unterrichtet werden. Frau Doktor steht da nicht zurück, sie hat Medizin studiert und beginnt vor laufender Fernsehkamera ihren ersten Satz mit: „Ich denk halt, es gibt halt…" Ja, gnädige Frau, es gibt halt Leute, die trotz Studium und akademischem Titel nicht von diesem Virus verschont geblieben sind. Warum halten sie nicht Abstand von einer laufenden Fernsehkamera? *Das Gefühl halt, was man halt hat, das ist halt nicht nur….., weil man halt….., und die Highlights sind halt….da will man halt auch mal dabei sein. Man wächst halt auch rein. Es sieht hektischer aus, als es halt ist".* Ihr Problem ist, dass sie es selbst gar nicht mehr merkt. Manche scheinen etwas zu

vermissen, wenn sie fast einen ganzen Satz ohne „halt" über ihre Lippen gebracht haben und hängen es einfach hinten an.
„Das Publikum hat so entschieden halt" , sagte der Sänger nach dem Wettbewerb. — *„Ich denke mal, ich bin halt, da hab ich halt; denn ich dachte halt…"*, und dann erzählte sie, wo sie studiert hat. Was lernen die denn an den Universitäten und auf dem Bildungsweg dorthin für ein Deutsch? Garnieren die Professoren ihre Vorträge mittlerweile auch mit *„ich denke mal"* und *„halt"*?

Ein bisschen freue ich mich auf den Tag, an dem es Darius gelungen ist, das „Halt" durch ein kräftiges deftiges „Rülps Pups" zu ersetzen. Nicht, weil das Fernsehen dann noch mehr Niveau bekommt als heute schon, sondern weil dann vielleicht endlich eine Mehrheit etwas gegen diesen Virus unternimmt. Hier schon mal als Vorgeschmack ein kleines Beispiel: „Was haben Sie gemacht?"- „Ja, äh, ich hab halt ein Lokal aufgesucht, weil ich halt was essen wollte. Aber als der Ober halt das Essen

141

brachte, da war es halt schon kalt."- „Sie sind der Ober, was sagen Sie dazu?"- „Ja, ich hab halt dem Koch gesagt, er soll halt darauf achten, dass das Essen halt nicht kalt aus der Küche kommt halt..."usw. Das ist die heutige Form so einer Konversation, - oder sagen wir besser, der Absonderung, die man für eine solche hält. Und nun auch noch der gleiche Dialog in der künftigen Form, wenn wir diesem Virus nicht Einhalt gebieten: „Was haben Sie gemacht?" – „Ja, äh, ich hab rülps pups ein Lokal aufgesucht, weil ich rülps pups was essen wollte. Aber als der Ober rülps pups das Essen brachte, da war es rülps pups schon kalt."- „Sie sind der Ober, was sagen Sie dazu?"- „Ja, ich hab rülps pups dem Koch gesagt, er soll rülps pups darauf achten, dass das Essen rülps pups nicht kalt aus der Küche kommt rülps pups..." usw. So werden wir in Zukunft sprechen, so will es der Virus. Und wenn wir uns dazu nun auch noch die grünliche Masse vorstellen, die dabei aus den Mündern läuft, wie es sich Darius und Dangus ausgedacht haben, dann kann man zu dieser Geschichte nur sagen: Guten Appetit!

„Wer sagt denn überhaupt, dass es dabei auch um öffentlich-rechtliche Sender geht?" sagte Herr Heute, „die zitierten Quizsendungen klingen doch sehr nach einem privaten Sender." „Ich bin gleich am Ende," sagte Herr Boss, „dann können wir diskutieren.-

Sagen Sie jetzt bitte nicht, das sei maßlos übertrieben. Ja, eine kleine Übertreibung ist es gewiss. Aber wenn uns einer vor fünfzig Jahren gesagt hätte, wie eine breite Mehrheit in Deutschland heute mit unserer Sprache umgeht, hätten wir genauso gesagt: „Das ist maßlos übertrieben!" Und wenn Sie genau hinhören, ist der Unterschied zwischen der rektalen Absonderung einer Kuh und der oralen Absonderung mancher Menschen gar nicht mehr so groß, dass Darius mit seinem Plan keine Chance hätte, wenn wir nicht bald etwas dagegen unternehmen. Sind Sie wirklich noch entsetzt darüber, den ganzen Tag dieses dumme Geschwätz zu hören?

Sind Sie entsetzt, wenn fast jeder in jedem Satz „halt" sagt? Nein, es ist nicht normal! Es ist und bleibt dummes Geschwätz! Wo bleibt der Aufschrei der Institutionen, die sich um den Erhalt und die Pflege der schönen deutschen Sprache kümmern? Im Rahmen der Diskussion um die Pisa-Studie sprach man es endlich aus, dass bei dem Fach Deutsch die Defizite bei den Lehrern behoben werden müssen. In dem anschließenden Interview sagte eine Lehramtsanwärterin: „Ich habe aber ein gutes Gefühl, weil ich halt…" Peinlicher hätte man es nicht darstellen können. Das ist das Problem: Sie hat ein gutes Gefühl, wenn sie mit diesem Geschwätz auf die Schüler losgelassen wird. Sie alle haben ein gutes Gefühl, die Lehrer, die Medien, fast alle haben den Dummschwätzervirus und ein gutes Gefühl…

Diese Angewohnheit ist widerlich! Bitte, gewöhnen Sie sich das ab, wenn Sie es sich auch schon angewöhnt haben sollten. Lassen Sie das überflüssige hässliche „halt" einfach wieder weg. Und wenn Sie für die

Medien tätig sind, dann helfen Sie bitte mit, die Verbreitung solcher Redewendungen zu stoppen und zur Pflege der deutschen Sprache beizutragen. Es ist kaum noch möglich, einen Sender oder eine Sendung zu finden, in der nicht im Sekundentakt dieses verunglimpfte Deutsch gesprochen wird. Wenn Sie sich dessen gar nicht bewusst sind, dann ist das der untrügliche Beweis dafür, dass wir uns schon so daran gewöhnt haben, dass es kaum noch wahrgenommen und als schlechtes Deutsch empfunden wird. Umso wichtiger ist es, wieder sensibel für unsere Muttersprache zu werden. Wenn Sie Schriftsteller sind, dann streichen Sie dieses „halt" bitte aus den Dialogen, und wenn Sie Schauspieler sind, dann weigern Sie sich bitte, so zu sprechen. Sie haben den wunderschönen Beruf, das Kulturgut „Deutsche Sprache" verbreiten zu dürfen. Tun Sie das bitte so, wie es unsere Sprache verdient hat.

„Damit bin ich endlich am Ende dieses Textes angekommen," sagte der Intendant. „Danke, dass Sie mir so lange zugehört haben. Was uns mit diesem Autor verbinden sollte, ist der Wunsch, die deutsche Sprache als Kulturgut zu pflegen und zu erhalten. Wir selbst sind doch auch diese Darius und Dangus, die diesen sogenannten Virus D so rasant verbreitet haben und es immer noch tun. Seitdem ich diesen Beitrag gelesen habe, habe ich mal bewusst darauf geachtet. Das ist wirklich wie ein Virus! Das habe ich übrigens in unserem Sender gehört, Herr Heute, dass ein kleines Mädchen gefragt wird, warum es mit seiner Mama in der Demo mitläuft, und das Kind sagte: „Weil halt so viel Müll rumliegt." „Weil halt," meine Damen und Herren, sagt ein kleines Mädchen, haben Sie da kein schlechtes Gewissen?"

„Aber das Kind hat es doch aus seinem Umfeld und nicht vom Fernsehen!" sagte Frau Maske. „Das wird so sein, liebe Frau Maske, aber woher hat es das Umfeld des Kindes? Wer hat das infiziert? Da kommen wir doch ins Spiel! Und der Autor hat doch recht, wenn er uns Mikrofontäter nennt, die für diese Verbreitung sorgen," sagte Herr

Boss. „Halt wurde in Filmen vor fünfzig oder sechzig Jahren auch schon gesagt, lieber Herr Boss, wenn auch nicht in der Häufigkeit wie heute." „Da stimme ich Ihnen zu, Frau Maske. Das waren überwiegend bayerische oder österreichische Produktionen. Dort hat man, meistens in Verbindung mit dem südlichen Dialekt, das Wort auch früher schon hin und wieder gebraucht."

„Aber diese ganze Geschichte, die Sie uns da vorgelesen haben, ist doch sehr übertrieben," sagte Herr Heute." „Ich habe nie so darüber nachgedacht," sagte Frau Singsang, „aber es stimmt, alle sagen ständig halt. Man sagt es ja selbst schon."

„Finden Sie das schlimm?" fragte Herr Kick. „Nein, Herr Kollege, das finde ich nicht schlimm. Ich stelle mir schon vor, wie Sie demnächst rülps pups sagen." „Frau Singsang, Sie sind unsachlich." „Bin ich das? Natürlich ist das schlimm, wenn man uns erst darauf aufmerksam machen muss, wie dumm wir teilweise reden." „Genau das ist der Punkt," sagte der Intendant, „man muss uns erst darauf aufmerksam machen. Man merkt das selbst ja gar nicht mehr. Viele Leute werden sich wahrscheinlich erschrecken, wenn man sie jedes Mal darauf anspricht. Warum haben Sie jetzt halt gesagt? Das könnte wirksam sein."

„Oder einfach nur „Halt?" sagte Herr Heute. „Aber bei Liveberichten werden wir hier wenig Möglichkeiten der Einflussnahme haben. Man könnte höchstens die Zuschauer dafür sensibilisieren, indem unsere Mitarbeiter bei Interviews hin und wieder ganz dezent darauf hinweisen, wenn jemand häufig „halt" sagt. Aber dazu gehört sehr viel Fingerspitzengefühl; denn wir wollen ja unseren Gesprächspartnern auch nicht das Gefühl geben, dass sie von uns in ihrer Sprache belehrt werden.." „Oder wir müssen es direkt auf den Punkt bringen," sagte Frau Maske, „indem wir den jeweiligen Gesprächspartnern sagen, dass wir dieser sprachlichen Unsitte den Kampf angesagt haben."

„Das ist das Stichwort!" sagte der Intendant. „Meine Damen und Herren, sind Sie dabei, diesem „Halt" in unserem Sender den Kampf anzusagen?" „Und was ist mit dem Archivmaterial und den Filmen usw.?" fragte Frau Maske. „Setzen Sie ein oder zwei junge Mitarbeiter daran, die das aussortieren." „Dann bleibt aber nicht viel übrig, Herr Boss," sagte Frau Maske, „wenn wir alles nicht mehr senden, was Sie aussortiert haben wollen!" „Daran sehen Sie, wie nötig es ist, dass wir uns endlich darum kümmern!" sagte Herr Boss. „So kann man das auch sehen," sagte Herr Heute." „Wie wollen Sie das denn sonst sehen, Herr Heute? „Man kann es doch nur so sehen, dass wir die Kloakensprache aussortieren! Lassen Sie uns gemeinsam einen weiteren Beitrag zur Erhaltung einer guten deutschen Sprache leisten! Als öffentlich-rechtlicher Sender mit einem Bildungsauftrag sind wir dazu verpflichtet!" Die Damen und Herren klopften zur Bestätigung auf den Tisch. Damit war dieser Besprechungstermin beendet.

„Liebe Zuschauerinnen und Zuschauer. Die für heute um 21.45 Uhr vorgesehene und in Ihren Programmheften ausgedruckte Sendung *„Satire Hoch Drei"* fällt heute aus. Hören Sie dazu nun einen Kommentar unseres Intendanten Doktor Boss."

„Meine Damen und Herren, liebe Zuschauerinnen und Zuschauer. Mein Name ist Boss. Ich bin Intendant dieses Hauses und als solcher für die Programmgestaltung mit verantwortlich. Die für diese Zeit vorgesehene Sendung „Satire hoch Drei" fällt aus. „Satire hoch Drei" wird es auch in Zukunft nicht mehr geben. Seien Sie versichert, dass meine zuständige Redaktion und ich für den Sendeplatz an einem würdigen Ersatz arbeiten. Warum fällt „Satire hoch Drei" aus? Nicht nur nach der letzten Sendung gab es empörte Zuschauerzuschriften. Zuschauerinnen und Zuschauer, die sich verletzt fühlten von einigen Kommentaren in dieser Sendung. Und ich muss leider eingestehen, dass sie sich mit Recht verletzt fühlten und entschuldige mich bei Ihnen im Namen der Redaktion und des Senders. Es entspricht durchaus nicht unserem Niveau, Menschen zu beleidigen und ihre Gefühle in menschenverachtenden Texten zu missbrauchen. Das ist in dieser Sendung in letzter Zeit leider immer häufiger geschehen. Dass hier selbst nachweisliche Unwahrheiten über Personen als Satire bezeichnet werden, ist beschämend! Auch Denunzierungen gehören nach unserer Auffassung nicht zur Satire und darf es in unserem Sender nicht geben! Ich fühle mich Ihnen gegenüber zu einem sauberen Bildschirm verpflichtet! Wir haben uns die Entscheidung nicht leicht gemacht. Da der Moderator der Sendung gleichzeitig Buchautor ist und es uns leider nicht ermöglicht, kritische Texte zu streichen und er diesbezüglich auch keine Kooperationsbereitschaft zeigt, sehe ich im Interesse unserer Zuschauerinnen und Zuschauer leider keine andere Möglichkeit, als diese Zusammenarbeit zu beenden. Lassen Sie

uns nicht davon blenden, dass auch die Ketzer mit ihren beleidigenden, verletzenden oder ordinären Texten und Gedichten Gleichgesinnte haben, die so etwas zu Satire erklären und diese Leute auch noch mit Preisen ausgezeichnet werden. Es geht hier nicht darum, ob man für Schalke oder für Dortmund ist, sondern ob wir bereit sind mitzuhelfen, die Kultur zu zerstören und Werte in Schund zu ersticken. Und dazu ist dieser Sender unter meiner Leitung nicht mehr bereit!
Ich danke Ihnen für Ihre Aufmerksamkeit und bin der Überzeugung, dass die Mehrheit unserer Zuschauerinnen und Zuschauer diese Entscheidung begrüßt.

Bei der Gelegenheit möchte ich noch ein anderes Thema aufgreifen, mit dem sich vermehrt die Zuschauerzuschriften beschäftigen. Und zwar die Frage, warum insbesondere in unserer Programmankündigung in letzter Zeit so gelispelt wird. Die Zufriedenheit unserer Zuschauerinnen und Zuschauer hat für

mich oberste Priorität. Deshalb habe ich das auch prüfen lassen. Die Ursache ist eine Werbeagentur, mit der wir im Ansagedienst zusammenarbeiten und die bevorzugt dieses Lispeln in Werbespots einsetzt und überzeugt davon ist, damit bei den potenten Kunden ein besonderes Kaufinteresse zu wecken. Das möchte ich hier natürlich nicht bewerten und nicht kommentieren. Ich habe aber veranlasst, dass es in unserer Programmvorschau ab sofort wieder seriös „20.15 Uhr" heißt und nicht, wie es eine Zuschauerin geschrieben hat, „ßwanßifümßehn". Ich werde auch weiterhin Ihre Kritiken, ob positiv oder negativ, sehr ernst nehmen und mit großem Interesse verfolgen.
Seien Sie beschützt und gut unterhalten!"

„Sie hörten einen Kommentar unseres Intendanten Doktor Boss. –
Es folgt nun die Sendung „Als man den Schwalbenschwanz noch täglich sah"

aus der Reihe „Blüten und
Schmetterlinge."

„Guten Morgen, Herr Boss." „Guten Morgen, Herr Kick. Bitte, nehmen Sie Platz. Ich muss mit Ihnen einmal über Ihre Mitarbeiter sprechen. Und zwar habe ich mir jetzt mal ganz gezielt aus dem Fundus die letzten Fußballreportagen angehört. Ich bin entsetzt, Herr Kick, was ich da teilweise für Defizite feststellen musste."

„Defizite?" „Ja, Defizite in Ausdruck und Sprache! Fußball ist ein Volkssport. Da können wir es uns nicht leisten, dass festangestellte Reporter unseres Hauses eine Ausdrucksweise haben, die überwiegend eine Katastrophe und unseres Senders unwürdig ist!"

„Unwürdig? Ich muss doch sehr bitten, Herr Boss!" „Ich hatte das imaginäre Duzen ja auch schon einmal auf einer unserer gemeinsamen Sitzungen mit allen Redaktionen angesprochen. Da musst du, da bist du, da hast du, da kannst du hört man in den Sportreportagen am laufenden Band. Einer unserer Reporter sagte: „Der Spieler hat sich scheinbar am Kopf verletzt." Scheinbar bedeutet ja, es scheint nur so. Also stellt unser Reporter hier die dreiste Diagnose, dass der Spieler simuliert. Natürlich tut er das unbewusst; denn er meint ja gar nicht scheinbar, sondern anscheinend. Aber diese Deutschkenntnisse sollte, - nein muss! – ein Fernsehreporter haben! Dann kommt diese Unsitte mit der Versuchung. „Sie haben 45 Minuten lang den Gegner versucht, aus der eigenen Hälfte fernzuhalten." In einem anderen Spiel hieß es: „Der ist ja schneller wie ein Stürmer." Also nicht einmal als und wie halten alle Mitarbeiter auseinander. Lustig fand ich, dass der gleiche Reporter einige Zeit später sagte: „Für mich war das ganz klar eine rote Karte!" Das „für mich" sollte er wörtlich nehmen und das Mikrofon verlassen, bis er über ausreichende Deutschkenntnisse verfügt. Ich mache es kurz, Herr Kick. Organisieren Sie bitte einen Deutschlehrer, der die komplette Truppe ein paar Wochen lang unterrichtet. Er soll sich als

Arbeitsmaterial ein paar Spielkommentare aus dem Archiv anhören und dann dafür sorgen, dass auch in unseren Fußballreportagen Deutsch gesprochen wird." „Herr Boss, ich kann doch gestandene Sportreporter nicht wie kleine Jungs in einen Deutschlehrgang schicken! Was meinen Sie, was ich da zu hören kriege!?" „Sagen Sie denen doch einfach, dass dieses haltlose Geschwätz nicht zur Philosophie unseres Senders passt und wir ihnen die Chance geben, das nachzuholen, was sie offensichtlich in der Schulzeit versäumt haben."

„Sie scheinen kein Fußballfan zu sein, Herr Boss." „Was wollen Sie denn damit sagen? Ich verstehe nicht, dass ich so etwas überhaupt erst anordnen muss. Gehört Ihrer Ansicht nach zum Fußball eine Kloakensprache, in der alles und jeder geil ist?" „Was Sie hier kritisieren, Herr Boss, ist doch auch die Sprache des Volkes." „Die Sprache unseres Volkes ist Deutsch, Herr Kick!!! Und wenn Ihre Mitarbeiter so eine Kloakensprache verbreiten, dann machen Sie sich schuldig an der Sprache! Gerade junge Leute, denen der Fußball viel bedeutet, lassen sich sehr schnell kritiklos beeinflussen." „Sie stellen das ja so hin, als würden Fußballreporter die Kultur gefährden." „Vernichten, Herr Kick, vernichten!!! Sie sind Chef der Redaktion. Sorgen Sie also dafür, dass Ihre Mitarbeiter die Ausbildung haben, die sie zur Ausübung ihres Berufes brauchen. Also noch einmal: Ich erwarte kurzfristig, dass ein Deutschlehrer engagiert wird und ausnahmslos alle Sportreporter unseres Hauses an der Ausbildung teilnehmen. Sollte sich jemand weigern, schicken Sie ihn bitte zu mir. Und dann sortieren Sie bitte bei der Gelegenheit die Co-Kommentatoren aus, die für diese Tätigkeit am Mikrofon nicht geeignet sind. Das sind einige, Herr Kick!!!"

„Jawohl, Boss. Jawohl, Herr Boss°!

„Ach, Herr Kick, bleiben Sie doch noch einen Moment sitzen. Mir fällt da noch was ein. Wenn ein Spieler im Interview oder ein Co-Trainer oder anderer Gesprächspartner das Wort „geil" sagt, sollte ein intelligenter Reporter ihm die Frage stellen: „Wissen Sie, was geil bedeutet?" und es ihm dann erklären und hinzufügen: „Deshalb wollen wir das in unserem Sender nicht benutzen!" Das ist doch die große Chance für uns, auch die Zuschauerinnen und Zuschauer darüber zu informieren, dass geil ein Schimpfwort ist und „voll Geschlechtslust" bedeutet. So kann man was bewirken! Unsere Mitarbeiter sollten darin geschult werden, auf schlechte Sprach-Angewohnheiten und Deutschfehler mit einer Frage zu reagieren: „Wissen Sie, was das Wort bedeutet?", „Warum halt?", „Sie meinen anscheinend?", „Sie spielen noch, oder sie spielten?", „Meinen Sie mich, wenn Sie du sagen?" usw. Das ist dezent, höflich und zeigt Wirkung. Nur durch solche Maßnahmen kriegen wir den Frevel an unserer Sprache wieder gestoppt! Wir haben das verursacht, wir sind in der Pflicht!!!

Zusätzlich arbeite ich an einem Rundschreiben mit den häufigsten Fehlern, das an alle Redaktionen und an

alle Mitarbeiter geht. Erste
Maßnahmen zeigen ja Wirkung, und von
den Zuschauern kommen durchaus
positive Signale! Was sagen Sie dazu,
Herr Kick?" „Ja, es kommen Signale. Sie
machen das schon, Herr Boss. Sie
machen das schon!" „Worauf Sie sich
verlassen können!!!"
„Dann kann ich jetzt an die Arbeit
gehen?" „Jawohl, gehen wir alle an die
Arbeit, es gibt noch viel zu tun."
„Tschüss, Herr Boss." – „Tschüss, Herr
Kick."
„Der hat sie doch nicht alle!" hat der
Intendant nicht mehr hören können, da
war Herr Kick schon im Flur auf dem
Weg zu seiner Redaktion.

„Guten Morgen, Herr Dr. Boss. Bitte, nehmen Sie Platz." „Guten Morgen, Herr Kungelmann. Aha, der Aufsichtsrat hat Redebedarf." „Verwaltungsrat bitte, Herr Dr. Boss. Ja, ich habe Redebedarf." „Das hört sich ja so an, als wollten Sie als Vorsitzender des Verwaltungsrates mit mir reden," sagte der Intendant. „Das hört sich nicht so an, ich will und muss als Vorsitzender des Verwaltungsrates mit Ihnen reden. Herr Dr. Boss, wir müssen über die Strukturen, Veränderungen und die Außendarstellung unseres Senders sprechen. Sie sind dabei, das Gesicht unseres Senders erheblich zu verändern." „Das hört sich ja so an, als folgt jetzt eine Kritik an meiner Arbeit." „Das hört sich nicht nur so an, Herr Dr. Boss, das ist eine massive Kritik an Ihrer Arbeit." „Na, da bin ich ja gespannt!" „Ich sagte es bereits, Sie verändern das Gesicht unseres Senders." „Aber doch im positiven Sinne, Herr Kungelmann. Das Gesicht des Senders war auf dem besten Wege, eine Grimasse zu werden." „Eine Grimasse??? Sie

verändern die Sprache des Senders."
„Ja, geil gehört nicht mehr zu den
wichtigsten Vokabeln." „Sie schaffen
Sendungen mit der höchsten
Einschaltquote ab." „Herr Kungelmann,
abgesehen davon, dass ich das in
Abrede stelle, was Sie da behaupten,
muss ich Sie doch sicher nicht in Dingen
des Rundfunkgesetzes belehren." „Was
soll das denn?" „Nach dem
Rundfunkgesetzt ist es die Aufgabe des
Intendanten, das Programm zu
gestalten. Und genau das tue ich im
Sinne eines sauberen Journalismus. Und
das kritisieren Sie gerade, oder wie soll
ich Sie verstehen!?" „Es ist überhaupt
nicht Ihre Aufgabe, sich selbst an die
Zuschauerinnen und Zuschauer zu
wenden, wie Sie das schon mehrmals
getan haben. Aber wir kommen gleich
zu den Details. Sie sagen doch, sauberer
Journalismus sei eine neutrale und
parteilose Berichterstattung." „Genau!"
„Und dafür plädieren Sie?" „Ja, dafür
plädiere ich." „Dann erklären Sie mir
doch bitte mal, wie sich das mit Ihrer
Aussage vereinbaren lässt, AfD sei die

Abkürzung für „Adolf feiert Déjà-vu".
Das entspricht doch nicht einer
neutralen Berichterstattung. Sie
ergreifen doch politisch Partei!" „Das
sehe ich überhaupt nicht so, Herr
Kungelmann. Wenn ich sage, die
Mitglieder der evangelischen und der
katholischen Kirche sind Christen, dann
ergreife ich doch nicht Partei. Die einen
sind Christen, die anderen sind Nazis,
mehr sage ich doch gar nicht. Solange
ich solche Fakten nur nenne, ohne sie zu
bewerten, bleibe ich doch neutral."
„Wissen Sie, welche Einschaltquoten
zum Beispiel die Kriminalfilme haben?
Und die haben Sie massiv reduziert."
„Dann schauen Sie sich doch mal die
Zuschauerpost an und lesen Sie die
Leserpost in den Fernsehzeitungen.
Immer wieder beschweren sich die
Menschen über die vielen Krimis und die
Gewalt im Fernsehen. Der Zuschauer
will das gar nicht! Das sind die
Produzenten dieser Filme, die am
liebsten von morgens bis abends Krimis
wollen und aus jedem Kuhdorf einen
Tatort senden möchten. Natürlich

schreit die Lobby jetzt, wenn ich etwas gegen diese Entwicklung unternehme. Die Zuschauerinnen und Zuschauer danken es mir, weil ich für Alternativen sorge, die sehenswert sind. Das ist genauso wie mit den englischen Liedern. Wir müssen den Menschen Alternativen anbieten. In Deutschland hört man deutsche Lieder."

„Sie haben seltsame Ansichten, Herr Dr. Boss. Und es vergeht kaum ein Tag, an dem nicht eine Beschwerde über Sie bei uns eingeht." „Wer beschwert sich bei wem?" „In der letzten Beschwerde, die an den Rundfunkrat gerichtet war, ging es darum, dass in unserem Sender nicht mehr gegendert wird und Sie sich sogar in einer Ansprache an die Zuschauerinnen und Zuschauer damit gebrüstet haben, das Gendern mit sofortiger Wirkung abzuschaffen." „Das ist ja interessant," sagte Dr. Boss, „die Dummköpfe*innen beschweren sich auch noch darüber, dass die Papageien*innen damit aufhören, diesen Blödsinn mitzumachen und nachzuplappern! Was sind das denn für

Sprachpanscher und Dilettanten, die so etwas eingeführt haben? Die haben doch bestimmt keinen Grund, darauf stolz zu sein. Und unser Sender war blöde genug, diesen Schwachsinn mitzumachen!" „Na, na, ich muss doch bitten!" „Halten Sie das von einem erwachsenen Menschen mit ausreichender Schulbildung für normal, so zu sprechen und zu schreiben? Das wurde doch höchste Zeit, dass ich diesen Unfug hier am Sender wieder abschaffe! Ich bin sehr enttäuscht, Herr Kungelmann, dass der Verwaltungsrat da nicht hinter mir steht und solchen Beschwerden umgehend eine Abfuhr erteilt." „Wie ich schon sagte, in diesem Fall war es der Rundfunkrat, an den die Beschwerde gerichtet wurde." „Ja, dann erwarte ich eben vom Rundfunkrat, dass er entsprechend loyal mit mir im Sinne unseres Senders darauf antwortet. Oder die Kollegen hätten die Beschwerde an mich weiterleiten müssen, das wäre noch korrekter gewesen. Ich hätte den Herrschaften*innen schon klargemacht, welcher Schwachsinn das ganze

Gendern ist. Übrigens, die vielen Briefe davor an mehrere Redaktionen, mit denen sich Zuschauer über das Gendern empört und beschwert haben, habe nicht ich geschrieben, sondern ganz vernünftige Leute, die diesen Unsinn ebenfalls nicht mitmachen und nicht hören wollen!"

„Kommen wir zu einem anderen Thema, Herr Dr. Boss." „Ach, gibt es noch mehr!?" „Ja, das kann man so sagen, es gibt noch mehr! Ich hoffe, Sie sitzen gut. Der Verband Deutscher Sportjournalisten will uns verklagen, wenn wir nicht umgehend und öffentlich die Aussagen unseres Intendanten Dr. Boss, das sind Sie, zurücknehmen und uns davon distanzieren." „Ich weiß, wer ich bin. Was wollen diese Komiker von uns?" „Herr Dr. Boss! Wir haben es hier nicht mit Komikern zu tun, sondern mit dem Journalistenverband." „Und was wollen die von uns?" „Sie drohen mit Klage wegen Diffamierung und Beleidigung des gesamten Berufsstandes der Sportjournalisten." „Und mit welcher

Begründung?" „Mit der stichhaltigen Begründung, Sie hätten die Sportreporter als Dummschwätzer und Mikrofontäter bezeichnet und wollen sie bei der Volkshochschule in Deutschkurse schicken." Der Intendant lachte. „Ja, ich bitte Sie, Herr Kungelmann, uns kann doch nichts Besseres passieren!!!" „Haben Sie den Verstand verloren, Herr Boss?" „Dann machen wir dieses ganze dumme Geschwätz endlich öffentlich!" „Sie können es doch nicht ernsthaft gut heißen, wenn unser Sender wegen Beleidigung und Diffamierung angeklagt wird!" „Ich finde das super! Hören Sie sich das Geschwätz doch mal an. Da musst du, da bist du, da hast du, da kannst du, - boh, geil! – Lass sie mal klagen." „Das kommt überhaupt nicht infrage. Wir werden uns in aller Form entschuldigen." „Ich werde mich bei keinem entschuldigen." „Herr Dr. Boss, Sie werden sich entschuldigen!!! Und zwar nicht nur beim Verband der Sportjournalisten. Da ist gleich die zweite große Beschwerde. Sie haben einen der erfolgreichen deutschen Satiriker in aller Öffentlichkeit angegriffen. Nicht nur das, Sie haben seine populäre Sendung aus dem Programm genommen." Der Intendant lachte. „Finden Sie das auch lustig, Herr Dr. Boss?" „Ja, das wurde doch wohl allerhöchste Zeit, dass dieser Mensch vom Bildschirm verschwindet. Haben Sie den jemals angeschaut? Dem steht doch die Menschenverachtung ins Gesicht geschrieben! Und genauso sind seine Kommentare und Sendungen, menschenverachtend, beleidigend, abstoßend! Ich frage Sie, Herr Kungelmann, was haben Blasphemie und Hetze mit Satire zu tun??? Finden Sie das in unserem Sender richtig und gut platziert??? Ich sage es noch einmal, die Programmgestaltung fällt in den Verantwortungsbereich des Intendanten. Und ich möchte solche Elemente nicht in dem Programm haben, das ich zu verantworten habe!" „Was legen Sie denn da für einen Maßstab an, Herr Dr. Boss?" „Den Maßstab des Vertretbaren, den

Maßstab der Moral, den Maßstab eines sauberen Fernsehprogramms! Spätestens, wenn sich die Zuschauer in ihren Gefühlen verletzt fühlen, - mit Recht verletzt fühlen!!! – bin ich verpflichtet zu handeln. Und genau das ist hier geschehen." „Sie halten es für neutral, wenn Sie in einem Fernsehkommentar einen preisgekrönten Satiriker in der Öffentlichkeit angreifen?" „Da muss ich mit einer Frage antworten: Halten Sie es für richtig, dass in unserem Sender Menschenverachtung und Gotteslästerung als Satire legitimiert werden? Von obszönen und ordinären Sprüchen ganz zu schweigen. Haben die sich auch beschwert?" „Sie wollen Schadensersatz. Genauso wie unsere Filmpartner. Auch sie verlangen zum Teil Schadensersatz, weil Sie grundlos Produktionen abgewiesen und aus dem Programm genommen haben."
„Grundlos? Davon kann ja wohl keine Rede sein. Dann lassen Sie sich doch mal erklären, warum ich einige Beiträge gestrichen habe. Ich will die weitere

Verbreitung einer Kloakensprache unterbinden. Ich möchte, dass in unseren Filmen Deutsch gesprochen wird," „Und dass es dort keine nackten Menschen mehr gibt?" „Ja, auch das. Sie sind ja gut informiert, Herr Kungelmann. Ja, ich möchte auch, dass in diesem Stil die Bettszenen aus unserem Programm verschwinden. Wir gaukeln den jungen Zuschauern vor, dass es selbstverständlich ist, mit jedem Menschen sofort nach der Begrüßung ins Bett zu springen. Unsere Aufgabe ist es nicht, den Zuschauerinnen und Zuschauern Geschlechtsverkehr vorzuführen." „Und dafür streichen Sie das halbe Programm!" „Das halbe Programm, Herr Kungelmann, da sehen Sie, wie verdorben unser Programm bereits war." „Sie können wohl alles begründen, Herr Dr. Boss, oder?" „Ja, natürlich kann ich meine Entscheidungen auch alle begründen. Es wäre doch schlimm, wenn das nicht so wäre. Treffen Sie Entscheidungen, die Sie nicht begründen können? Aber ich versichere, dass ich keine Entscheidung treffe, die nicht zum Wohle und im Interesse des Senders ist. Es gehört nicht zum Bildungsauftrag, in jedem Satz halt zu sagen, schlechtes Deutsch zu verbreiten, Schimpfwörter und Kraftausdrücke salonfähig zu machen, zu lispeln, zu gendern oder sonst wie unsere Sprache zu verschandeln und kulturelle Werte zu vernichten. Wer hat sich denn sonst noch bei Ihnen beschwert? Die Sexualstraftäter? Die Reichsbürger? Die Nazis und die Christenverfolger und Gotteslästerer? Haben die sich auch alle bei Ihnen beschwert? Vielleicht meldet sich ja auch noch ein Club freier Liebe und ein paar Zuhälter*innen." „Herr Boss, es gibt keinen Grund für Sie, unsachlich und zynisch zu werden. Das ist schlimm genug, in welche Situation Sie unseren Sender manövriert haben. Was haben Sie mit der Vergangenheitsform für eine Lawine ausgelöst!?" „Ach ja, das Thema hatten wir ja auch noch nicht. Was soll dieser Dilettantismus und diese Sprachpanscherei? Haben Sie dagegen auch was einzuwenden? Eine aktuelle

Nachricht war: „Letzte Generation besprüht am Sonntag das Brandenburger Tor." Wenn die Aktivisten am Sonntag das Brandenburger Tor beschmieren, dann sollte man das durch ein Polizeiaufgebot verhindern, wenn es erst Samstag ist. Wenn es aber schon Montag ist, dann heißt das nicht „besprüht", sondern „besprühte". Versuchen Sie mal, gestern etwas zu besprühen, dann merken Sie, welcher Blödsinn an unserem Sender mit Bildungsauftrag geredet wird. Ja, ich bin dabei, das abzuschaffen und die Vergangenheitsform wieder einzuführen, so wie es unsere Sprache verlangt. Wer ist überhaupt auf die Idee gekommen, die Vergangenheitsform in den Medien abzuschaffen, und warum hatte keiner das ausreichende Wissen eines Grundschülers? Das Einzige, das bei den Stümpern noch Vergangenheit ist, sind jegliche Schulkenntnisse. Autoren verwechseln als und wie, über neunzig Prozent benutzen das Wort scheinbar, obwohl sie anscheinend meinen. Die Sätze sind mit dem Füllwort

„halt" infiziert. Zum Glück stehen die Redaktionsleiter hinter mir und ziehen mit." „Da sind Sie aber sehr schlecht informiert, Herr Dr. Boss. Ihre Redaktionsleiter sind sehr unzufrieden mit Ihren Entscheidungen. Oder steht jemand hinter Ihnen, der sagt: Er möchte am liebsten vormittags den Duden zitieren und nachmittags Volkslieder singen lassen. Und Sie haben während der Arbeitszeit in Ihrem Büro eine Redakteurin gevögelt. Auch das wissen wir. So stehen Ihre Mitarbeiter hinter Ihnen, Herr Dr. Boss!"

„Muss man als Mitarbeiter sein Gehirn beim Pförtner abgeben?" „Ich halte es für sinnvoll, Ihnen auf diese unqualifizierte Bemerkung keine Antwort zu geben."

„Ich bin dabei, aus dieser Behörde mit Dilettanten und Schwachköpfen einen seriösen Sender zu machen."

„Sie sind nirgendwo mehr bei, Herr Dr. Boss. Sie sind hiermit fristlos entlassen und mit sofortiger Wirkung aller Aufgaben entbunden. Diese Entscheidung erfolgt in Abstimmung und Übereinstimmung mit dem Rundfunkrat."

„Liebe Zuschauerinnen und Zuschauer. –
Wir unterbrechen hiermit den Spielfilm
mit einer aktuellen Nachricht:

Bei der Leiche, die in den frühen
Morgenstunden aus dem Rhein
geborgen wurde, handelt es sich um
unseren Intendanten Dr. Dr. Boss. Wir
sind erschüttert und unfassbar traurig!
Wir verlieren mit Herrn Dr. Boss einen
wunderbaren Menschen,
hochgeschätzten Freund und Kollegen
und eine herausragende Führungskraft,
der unser Sender viel zu verdanken hat
und der die Außendarstellung und
Struktur unseres Senders sehr geprägt
hat. Verwaltungsrat, Rundfunkrat und
alle Redaktionen und Mitarbeiter
sprechen den Hinterbliebenen unser
aufrichtiges Beileid aus. Wir werden das
Wirken von Herrn Dr. Boss und seine
Verdienste noch in einer Sondersendung
würdigen. – Danke für Ihre
Aufmerksamkeit und Ihr Verständnis!

Und nun geht es weiter mit dem
Spielfilm."